石室之死亡

◉洛夫／著

聯合文叢
609

目次

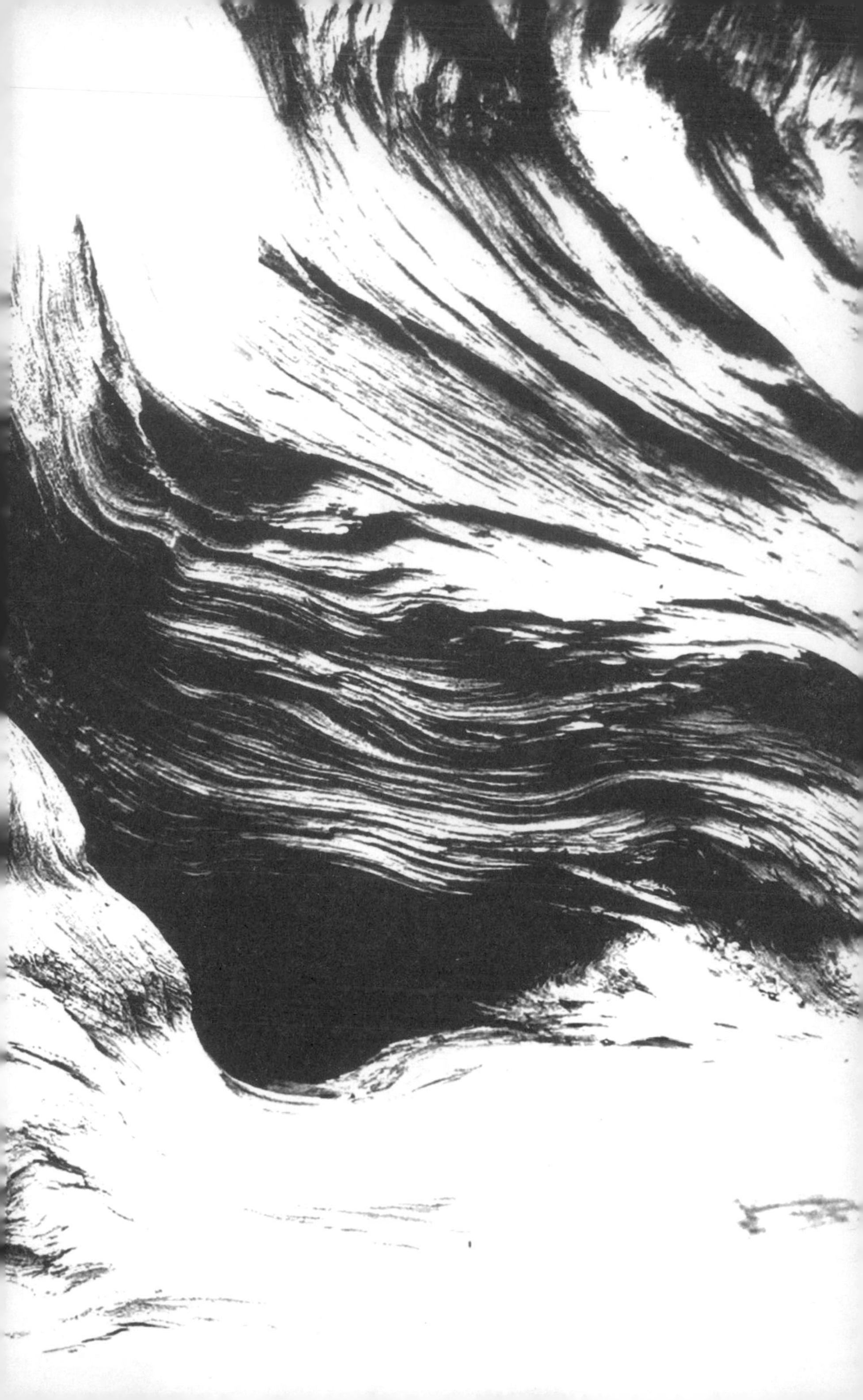

石室之死亡

【新版小序】

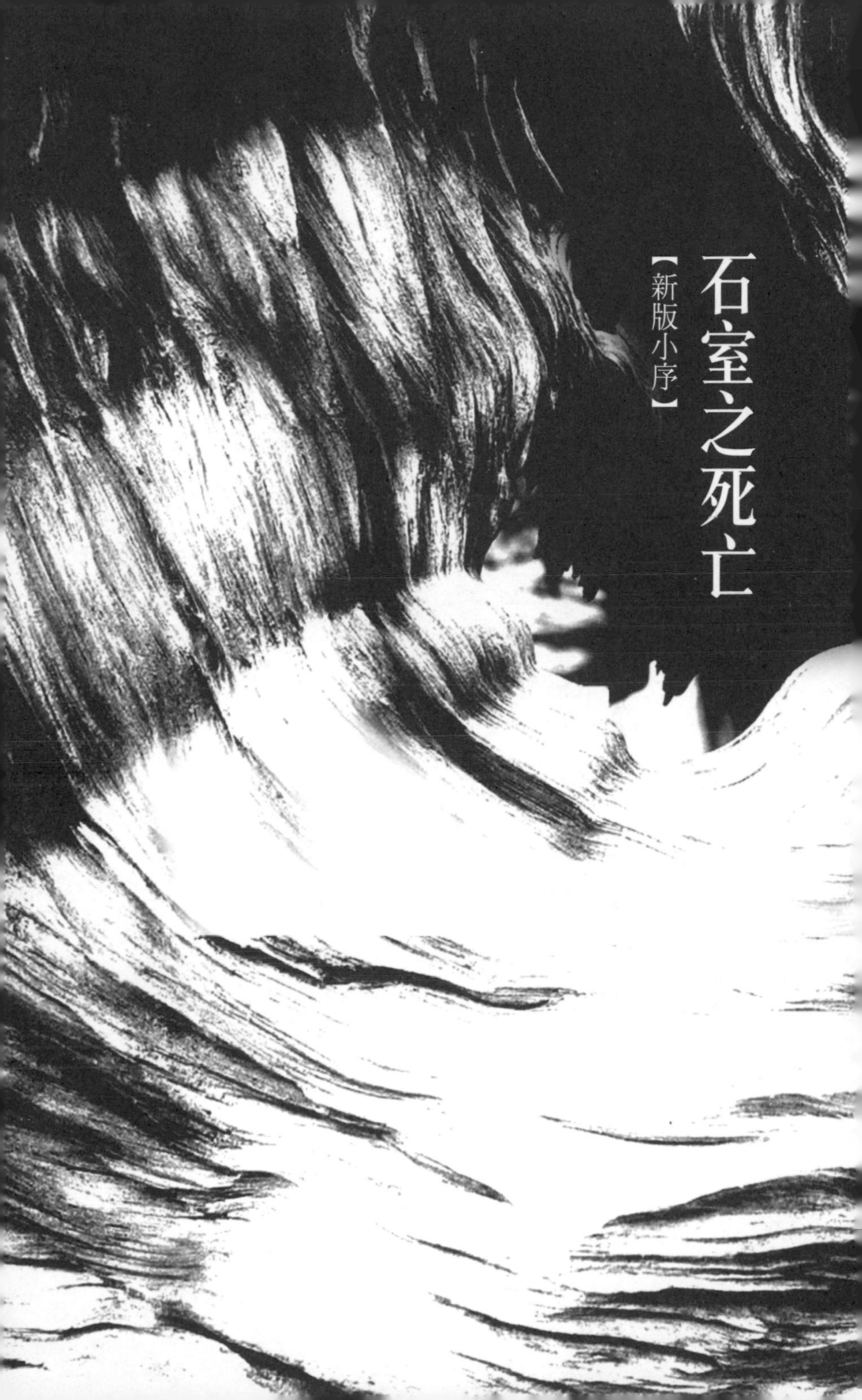

【新版小序】

《石室之死亡》

洛夫

《石室之死亡》一詩是一九五九年金廈砲戰期間我在金門一間石室（坑道）中醞釀並開始創作的，後來有人稱這首詩是詩神與死神交戰的史詩。可是，當時的我確實是處於一種極度混沌、迷惑、焦慮不安的心態。在砲火轟擊下，在死亡的威脅下，我當時卻有著最佳的寫作狀態，結果死神落荒而逃，詩人仍在，《石室之死亡》仍在，而且它的生命力越來越強韌，歷經五十七年批評風雨的黯淡歲月，卻老而彌堅，台灣稱之為最耐讀的一個詩歌文本，中國大陸則視為詩壇一個繞不開的議題。也許由於某種內在的聯繫，《石室之死亡》的意義和價值因《漂木》的問世而高漲。

那麼，《石室之死亡》的意義與價值究竟何在？當年創作時並無清晰的概念，事隔數十年的滄桑嬗遞，對過去想不明白的事，現在似乎頓然開悟。關於《石》詩的意義可作兩點闡釋：其一，開始投入《石》詩創作時，初涉超現實主義，不明究竟，卻為它那非理性而又詭異玄妙的表現手法所蠱惑，其思維方式就是無思維，語言結構都由人的潛意識來操控，它別無好處，卻有助於我掌握了史無前例的詩的原創性。《石》詩問世後，有人貶為無比的艱澀，距離語言規範太遠，讀不懂，但也有人譽為詩歌藝術史上一次大突破，一次大革命。不料歷經數十年多次風格的變化；迄今仍有人認為「洛夫是一位難懂的詩人」。但也有人直指我是影響台灣數代的詩人，其實這二種說法都言過其實。《石》詩在藝術表現上的原創性，這點我倒是可以欣然承認，其原創性主要在於意象陌生化的特殊處理。如果說詩中蘊含有某種人生體驗和哲思，它不是說出來的，不是以論述方式表達的，而是以具體而鮮活的意象呈現出來的。

讀者總在埋怨，讀《石》詩有障礙，讀不進去，我能理解，因為《石》詩的內容包含戰爭，死亡，情慾三大母題，尤其是死亡，如以寫實手法，理性的邏輯，明朗的散文形式來寫，是不可能表達對死亡的體驗；死亡是不可以理解的，所以我只能採用非理性的內在語式來寫那不講理的戰爭，死亡和情慾。

其二，《石》詩創作的時代背景是戰亂，以及戰亂引起的人生大變局，可以說它就是那個時代的悲劇經驗和悲劇精神的反射。一九四九年，一大批知識青年背井離鄉來到台灣，我稱之為「我的第一度流放」。我們被迫割斷了血脈的母體和文化的母體，內心不時激起被遺棄被放逐的悲情。當時來台的每位年輕詩人無不認為此生再也無望回去自己的家園，何異於一群流浪之犬？精神的苦悶難以言宣，寫詩便成了唯一的宣洩管道。於是探索內心苦悶之源，求得精神壓力的紓解，希望通過一種特殊的創作方式來建立存在的信心，並以此來「修補心靈嚴重的內傷」（見拙作《石室之死亡》再探索），便成為七、八〇年代一群台灣詩人的實際處境，也正是《石》詩創作的重大意義之所在。

《石室之死亡》是一場夢魘，一個難以置信的傳說，一幕「人生無常，宿命無奈」的悲劇，一條沒有十字架的自贖之路，它是對抗死亡唯一的方式。

請讓我卑微地說：不懂就讓它去不懂吧！

二〇一五年十二月於台北

【自序】

詩人之鏡

攬鏡自照，我們所見到的不是現代人的影像，而是現代人殘酷的命運，寫詩即是對付這殘酷命運的一種報復手段。

廿世紀心理學家分析現代人迷惘失落的原因主要者有三：一為一八五九年達爾文的物種原始觀暴露了人的原性，破壞了人的尊嚴，而導致信仰的幻滅。一為佛洛伊德的心靈剖析，發現人的潛意識是一切行為的主宰，而使人轉而去追求歷來被理性主義者視為惡之源的自然本能，遂引起人類對道德價值的懷疑。再就是近代科學文明的發達，使許多構成價值判斷的基本原則被澈底否定，且由於人的主觀經驗受制於科學法則的客觀性，故人成了集體組織與機械的奴僕，使生命降至科學的物質化與機械化中，因而導致精神的全部崩潰。姑不論這些分析與論斷具有多少確實性，但人的價值與希望確是在歷經兩次慘酷大戰之後粉碎殆盡，而在核子蕈狀雲的陰影下，人類更緊迫地面臨生存的威脅。於是，現代人在思想上便產生了一種反叛性的人生哲學——存在主義，而整個現代文學藝術也無不在其影響下產生質的變異。

不可否認，我國現代詩十餘年來即在吸收，轉化，實驗，修正等工作中對一系列的現代主義各流派作精華的接受，在傳統文化中擔任一個背叛，魔性的角色。因此，現代詩人在對純粹與超絕的急遽追求中，常被人指責為晦澀難解，或虛無論者。晦澀問題在現代文學史上可說是一個本然問題，換言之，這是一個無法解次也無需解決的問題。至於認定現代詩人均為虛無論者，這只是不公允的皮相評斷。今日中國現代詩的發展，大致上可歸納為兩個傾向：一為「涉世文學」之發展，（Literature engage，香港有人譯為入盟文學，李英豪則譯為介入文學，但究其精神本質，即一個作者必須對人類真實存在（authentic being）具有追尋的熱情，並以自由與行動表現之，故文學是人生與社會的一部分，引伸其義似可譯為「涉世文學」，但與「為人生而藝術」無關。）一為對純粹性之追求。前者與存在主義思想有根本上的淵源，後者則是超現實主義必然產生的歸向，比較而言，後者發生的可能性及成果比前者更為顯著。（我們不認為超現實主義前身的達達主義是現代藝術的決定性階段，而只是一個過渡階段。）但兩者均似無那種西方虛無主義的必然趨向；因為存在主義者認為人除了自我之外別無立法者與統御者，人唯有自我決定，且必須超越自己始能獲得解救，始克達成自覺的目的——自覺為一真正的人。他們尤強調非但在神不存在的世界中人需要發現自己，而且即使有神存在，人依然只能靠自己得救。像這種在無神的情境中尋求結論的企圖，實無意將人推入絕望之中。「上帝不存在，人自己抉擇自己，塑造自己，負責自己，人注定是自由的」，「你除你的生存之外一無所有」（沙特語），這正是以人為本的嚴肅人生態度。超現實主義雖與存在主義之精神基礎迥異，但它仍是以人為中心，與其說它有虛無之傾向，不如說更接近超人哲學為宜。以上兩者下文均將詳細論及。

存在主義文學在本質上是反理性，反邏輯，反客觀性，而超現實主義則是從潛意識出發，背離一切傳統的規律與法則，故兩者所創造的作品均難為群眾所接受。我們雖不敢斷定群眾都是盲目的，但至少群眾都不是詩意的。我們堅信而且可從文學藝術史上得到證明，有許多偉大作品之得以不朽並非依賴群眾之普遍接受，而是少數慧眼獨具的評論家與歷史家之認定，即以喬埃斯與福克納為例，討論他們著作的文字汗牛充棟，而一般讀者看到過或讀完過他們作品的委實不多，他們不是群眾作者，他們是作者的作者。

現代詩人之反傳統，並非指「傳統」此一整體意義，而是指一切因襲的腐敗的阻礙生長的因素，且每一個反傳統者均有其所反之重點，例如有人反叛固有之思想與精神，沙特可為其例，有的反叛該思想之模式或陳腐之確信，艾略特可為其例，而有人僅反抗其風格與限制其價值之規律。沒有人反對所有，除非那反叛的對象業已完全失去生機，猶之被風刮落之枯葉，已與本體斷絕關係，無力再生。一般人對文學上的傳統總含有幾分情感作用，很少人具有一種批評的抉擇力，而現代詩人之反傳統實具有另一種積極的意義，即創造精神之建立。

一、藝術之創造價值

創造，一如意志之自由，蘊藏著難測的奧祕。現代心理學家曾把這種表現行為當作一項程序來研究，但仍無法解答它所提供出的本體問題。創作過程確為一個謎，現代藝術家和詩人，尤其具有超現實精神傾向者，在從事創作之前中心並無一個具體的主體，而只作無邊際的醞釀，當時他自己並不完全瞭然他要表現什麼，及至表現過程完成，甚至有時作者對自己的作品亦不能解釋清楚。此類例子自來甚多，不足為奇。梵谷曾對其友人梵．納伯特（Van Rappard）說：每當別人不解他畫中某些東西究係何物時，他就開心了。因為他所要求的就是使這些東西含有一種如夢似幻的氣氛，同時當他創作時，他只是他作品的工具而不由自主，他完全隸屬於作品。

常有人謂「氣質決定內容」，或「人格決定風格」的話，大體上我們是首肯的。我們無法否認創作時作者以其全部心靈滲透到他的作品中去，但我們亦不能忽視一項事實，即佛洛伊德所謂：「所有創造者均是雙重人格或矛盾的能力的綜合，一方面他是有著個人生活的人，另一方面他又是一種無個性的創造程序。」藝術本身確具有一種天生的驅策力量，它有如符咒般抓住一個人使之成為它的工具，藝術家不是一個有自由意志且時時追求自己目的的人，而是一個讓藝術通過他而達到它目標的人，作為一個社會人時他具有性格，意志及個人目的，但作為一個藝術家時，他已非原來的自己，而是一個有更高意義的人，他能把在別人不自覺的心靈中的隱象賦予形體與生命。

因此，我們想到，一個優秀的藝術家不一定是一個優秀的社會人，而氣質不一定決定作品的內容或價值，瑞士現代心理學家榮格（Carl Gustav Jung）有一段話足可支持此一看法：

「藝術家的生活充滿矛盾，因有兩種力量在他心中衝突，一方面是渴望幸福，滿足與安全的普通慾望，另方面是超越一切個人願望的創作慾……凡具有創造才智者均須付出代價，那是沒有例外的，此猶如我們每人生來即由上天賦予定量的能，但我們身體中最強大的力量已獨占了那種定量之能，以致剩下來的就沒有好東西了。似此，創造力不僅耗乾了所有的能，而且為使創造之火焰閃熠不滅，它甚至使創造者的缺陷特別發達，諸如殘忍，自私，虛榮（或稱為自愛）以及各種惡習。藝術家之自愛猶之棄兒或被忽略之兒童，為抵抗不愛他們的成年人，他們必須與成人的毀滅力量對抗以求自保，為此他們便任自己的缺陷得以發展，以致終生保持一種童稚的自我主義，但他性格上的缺陷並不能掩蔽他作品中的光輝……。」

創造力乃從不自覺之深處誕生，亦可說從一幽黯之母體誕生。當創作慾最旺盛的時候，作者的整個神智便被一件不自覺的東西所統治，所揑塑，將意志及覺醒的我沖向底流，在構思中的作品決定了他的全部心理發展過程。因此我們可以說在這一時刻中不是里爾克在創造「豹」，而是「豹」在創造里爾克。

現代詩或畫與學院派藝術最大的歧異乃在前者為創造的藝術，後者為因襲的藝術，前者為活的藝術，後者為死的藝術。我們稱某某為一創造詩人或畫家，即對他們表示無上的崇敬，因為他們用語言與顏色表現了一點前所未有的東西，因為他們孜孜埋首創作時所遵循的某些法則或規律乃是由他們自己一手創始的。他們是真的先知，後人可能在他們影響之下按照同樣的律則去作而達到類似的效果，但學院派的藝術家或詩人只像一個射擊手，對準一個業已在那裡的靶子，遵守一些業已制定好的律則來射中目標，捨此他們別無所圖，這即是歷史上有偉大成就的藝術家詩人大多非出自學院的緣故。

現代詩人恆企圖藉創作行為來表現他自己所有的某些觀念，此類觀念乃是詩人對人類主觀經驗與宇宙客觀事物之間的固有關係具有獨特的體認而賦予一稱新的意義。讀者對這種新的意義一時不能接受是勢所必然的，因為他們在欣賞詩時永遠訴諸一種「固定反應」（stock response），白雲狀必「悠悠」，青山色必「如黛」，這種固定的反應是藝術欣賞最大的敵人。根據美國耶魯大學教授勃魯克斯（Cleanth Brooks）與華倫（R・P・Warren）合著的「詩的瞭解」（*Understanding Poetry*）中所解釋：

「固定的反應即讀者對文學中某一情境，題材，詞或語字常站在習俗的立場上作籠統的未經考慮的反應。廣告員為了推銷某種商品，常利用這種固定反應把該商品與愛國心，母愛等高尚情操任意聯結在一起。好的詩人總設法在其作品中提供一種新的觀點，讀者根據此一觀點便可產生作者所要求的那種反應，而壞詩人就同撰擬廣告的人一樣，只求對付讀者心中既有的態度，那種既有的態度可能粗陋含混，但壞詩人是不加計較的。」

當然，我們並不完全否認現代藝術的溝通性，但現代藝術所傳達的不是可予抽繹或可以述說的意義，而是價值的傳達。我們並非服膺於托爾斯泰的「為人生而藝術」，我們心中的價值實為超社會，超道德，超理性的價值，一種人類與生俱來無法剝奪的本體價值，而且相信其有傳達的可能。人與人心靈之共通，除了依賴意識之外，另有一種「集體潛意識」（collective subcon-sciousness），此即某些暗示，象徵，歧義等得以交流的另一幽徑，詩人往往即藉此集體潛意識以傳達其觀念或價值，通過它，我們即可在欣賞藝術時達到一種「欣賞邊際」（appreciation margin 此一名詞為筆者自撰）。換言之，藝術之傳達與欣賞均有一個極限，超過此一邊際之極，則傳達不能產生結果而成為完全晦澀。但我們發現所有具有創造能力的現代作者無不以能接近此一邊際極限而後決。但問題是，不是所有的欣賞者均能接近此一極限，能的欣賞而接受，不能者搖頭而歎息，故「晦澀不在於作品，而在於讀者本身」（李英豪語），是不無道理的。這也就是為什麼我們常說：詩乃在於感，而不在於懂，在於悟，而不在於思。

現代詩晦澀之另一原因乃為「文字障」，以往我們討論甚多，此處不予贅述。但就詩人本身而言，語言技巧乃是他作為詩人唯一的憑恃。詩之語字，猶如河川，任其如何滔滔奔馳，但必須在兩岸之間活動。語言之不求句法；反對固有文法，都可被允許，唯一不被贊許的是枯乾與氾濫。枯乾即是死亡，氾濫即失去目的。語言如不能達成表現的任務，詩在誕生時即告夭亡。語言未經選擇與約制，即為濫用。但是，適度的晦澀是必要的，因為沒有一個人必須在看清河的底流之後才承認河的存在。只要我們將必須表現的完全表現無遺就夠了。去看清那些別人忽略的，進入陌生的世界去發現那些你前所未知的，正如漢明威所說：冰山八分之七的本體是隱藏水底的。

誠如前述，一個創造詩人在完成一個作品之前，他確不瞭解他所追尋的東西為何，亦不知實現那個東西的方法為何，因此我們認為藝術創造並非「目的行為」。目的行為是要人有意識地控制那行為以產生一個預期中的結果。就傳統藝術而言，一個作者首先在心中設想好一個期望中的結果，他相信如果照著某些固定的方法去作，即可獲得那個結果。雖然如此作是受到那種目的論的控制（teleologically controlled），我們要解釋它卻不需訴諸最後因（final cause），而只需訴諸有效因（efficient cause），有效因就是他求得他的結果的那種信仰與慾望。然而創造的詩人決不遵循此一程序。

縱然如此，一個詩人的創造活動仍是有其方向的，雖然他無法確切道出他要向何處去，但他確是朝著某一個地方走。為解釋方便，我們不妨提出一個反證，即他心中明白什麼方向是不對的。他寫了幾行突又將其塗掉，其所以如此，是因為他已發覺那個方向導致一個錯誤的地點，於是他再行探足，另闢蹊徑，及至走到他心中認為正確的目的地為止。如果他自身沒有方向，顯然他便會被拉至任何方向而不予抗拒。（那麼，詩豈不是俯拾即是？）一個詩人具有抗拒被誘入歧途的力量，也正是一個詩人必備的自我批評的力量，這種力量可使詩的創造活動有別於服從由純夢幻所引導的活動。

詩人在創造之前心中業已存有一個未知的東西，它可能是一種印象，一種感覺，一個夢幻，或一個面貌不清的觀念，他必須找到一個最妥切的形體來取代它。在最初尋求表現時，他無意取悅於他人，而只供自己作批判，即他的創造過程必須受到批評與控制。杜卡斯（C. J. Ducasse）在其「藝術哲學」（*The Philosophy of Art*）一書中表示：

「我們說藝術是意識的活動，或說藝術要受批評的約制，並不等於說在寫作之前或當時需要意識或批評的判斷，而是說批評的判斷乃是藝術創造活動不可或缺的部分……藝術不是漫無目的的東西，因此藝術的基礎就是批評的判斷。」

由此我們更相信，僅僅從事一種表現行為尚不足以稱為藝術創作，我們還要要求這種行為被瞭解為有目的之行為，且要受到作者自己的批評。這種批評工作有人可能要反覆行之，及至他的創作完全成為他心中的「那個樣子」為止，直言之，完全達到表現的客觀化為止。這種批評過程（即俗稱鍾鍊），任何一位天才作者均須經歷過，不同的是有人幾乎是創造與批評同時進行，而有人卻需花費很長的時間。史班德（Stephen Spender）曾在「一首詩的構成」（*The Making of a Poem*）一文中提到兩種不同的創作方式：一為直接而完整的，以莫札特為例證；一為緩慢而循序漸進的，以貝多芬為例證。前者成章之後，鮮少修改，後者往往要經過長時間的孕育和無數次的修改始克完成。一個藝術品最後完成所花費時間之多寡並不足以判定一個作者是否是天才，或作為判斷這個作品不朽與否的根據，因為我們只要求結果之不朽，要求這結果必須是獨創的，內觀的，且為美學形象的完整發展。故史班德認為：一個詩人可能獨具宿慧，審慎與有效的智力，也可能笨拙迂緩，但這些均無關緊要，重要的是必須有一個完整的目的，以及把握此一目的而勿使其喪失的能力。

詩人在從事自我批評與控制時，他從何得知什麼是對的，什麼是錯的呢？關於此點，有人曾舉出一個頗為有趣而確切的比譬：作者之所以能知道他的對或錯，是因為有個東西在背後踢他，每當他走錯一步，他就感到挨了一腳踢，於是試著改絃易轍，另謀出路，一直到他寫出的恰好達到他對藝術的要求為止。誰在後面不斷地踢他呢？就是那件業已存在而未知的東西，而這東西或許即為靈感最初的撞擊，故他的創造行為必須符合那靈感在他內心中所造成的震幅。儘管有些現代詩人否認靈感對於創作的重要，而僅重視思考與經驗，但並不妨礙靈感是在一件藝術作品創造之前的「最初動因」（Prime mover）這一事實。試想：「雨後晴朗的夜晚我們看到的星子能令我們感動或欣喜」，因而能「享有此一心靈的豐盈時刻」（見季紅〈詩之諸貌——第二度清醒〉），這種「感動或欣喜」有時可使人達到魂飛魄奪，渾然忘我的境地，而這時也正是某一個暗示突然進入潛意識的時候，或受到靈感的時候。實際上觀念成長的過程也就是最初心靈受到撥彈過渡到創造行為開始之過程，但當作品達到完全成熟的階段時，那個所謂「最初動因」卻往往是以另一種面貌出現。季紅之否定靈感意在否定對它完全之依恃，而他強調觀照與思考，肯定第二度清醒，在旨意上實與我所謂「批評與控制」的說法相同。我們承認靈感這一事實決不意味著當一個詩人受到靈感之後便不再運用經驗，觀察，聯想等來培養他的靈感，發展他的靈感。

因此，我們可將創作過程分為兩個階段：（一）新的暗示進入潛意識開始活動，亦即受到靈感擊撞的階段。（二）培養發展和錘鍊的階段。這兩者對於藝術創造同等重要，不容偏廢。藍姆（Charles Lamb）有一段話可給我們更多的啟發：

「人們在欣賞詩的狂喜中常發現一種高漲激昂的境界，他們除了作夢或高燒時獲有類此而實非的經驗外，在生活經驗中實無可與倫比者，因此他們說詩人創造時是處於作夢或熱病的狀態。但真正的詩人是醒著作夢的，他並未完全受他題材的迷惑，他們能控制題材的。」

由這段話，我們又觸及另一問題：許多學者（包括心理學家及精神病醫生）認為現代藝術或現代詩完全是一種病態的表徵，例如波特萊爾的詩只是一堆病歷卡，而梵谷的畫中充滿看瘋癲的氣息。當然，從一個醫生的立場來看，也許有幾分事實。其實柏拉圖早就說過：「一個人如果在靈魂內沒有沾到一點繆斯的瘋氣，而想靠一點技藝之助走近廟門，認為可以登堂入室，我想他和他的詩不會被接納的。頭腦清晰的人如要和瘋子競爭，他必然會消失而化為烏有。」（見對話錄Phaedrus），但我們仍不能認為一個真正藝術家就是一個瘋子；藝術家的創造是有其必欲表達的旨趣的，而完全失去神智的人則不然。縱或我們承認波特萊爾的詩與梵谷的畫（尤其晚期的作品）中含有病的跡象和瘋狂的氣質，但除了這些之外，我們還能發現更多的東西，而這些東西發出的光輝與價值遠超過那種瘋狂跡象所給予我們的感受。因此，我們肯定他們的作品並非完全沒有受到意志的控制與批評而作成的。

根據創作的經驗，我們永難忘記在創造第二階段所受到的艱苦。詩人瀝血錐心，但仍無法確定他們的精力沒有白費，更無法確信他們的作品即為不朽。偉大的藝術家必須永嘗勞苦而帶有幾分瘋氣。顯然，如果福樓拜的靈魂從未沾到一點繆斯的瘋氣，他必無所感動，但在他完成《包法利夫人》之前所花的五年心血中，他曾如何忍受著殘酷的自我批評與約制，而米蓋朗其羅，貝多芬，杜斯妥也夫斯基，梵樂希，里爾克，杜甫等無不是以智慧與心血在人類文化史上交織成一個個光輝不朽的名字。

二、虛無精神與存在主義

我們決不認為評斷中國現代詩人具有虛無傾向即能產生評斷者預期中的傷害的後果，因為他們並不瞭解虛無精神之所在。

不容諱言，中國是一個依賴命運生存的民族，一個命定論（determinism）的民族。「日出而作，日入而息，帝力於我何有哉」，生老病死，一切委於天命，故亦可說是一個對「自我」最缺乏覺醒的民族。這種「自我迷失」未始不是一種福。但近代中國在革命破壞之餘，戰禍與叛亂之餘，以及西方反理性的哲學思想與否認上帝存在的反宗教思想輸入中國後，感覺敏銳的知識份子頓時在生存與死亡之間，現實與理想之間，過去與未來之間，可超越與不可超越之間陷於一種莫知所從的懸空狀態，因而無不深切體認到一種舊道德標準與社會規範崩潰後所產生的精神上的空無。但這種空無與西方虛無主義在本質上頗為不同，前者乃是超昇的，內省的，通過否定以求肯定的，由絢爛而趨於寧靜，而後者則是爆發的，外爍的，否定一切以求主體之自由。反價值反文化甚至反文學的達達主義已使西方虛無思想臻於巔峰。

「他隨同黎明而來，面對太陽說：偉大的星辰啊，假如你失去了被你照耀的人，你的歡樂何在？然後他下得山來，回到人間，向人類宣告上帝業已亡故。」這是尼采深感現代人的荒謬與悲劇後所發出的「人必須超越自我」的宣言，也是他對西洋傳統文化以及整個人類命運提出一個沉痛的抗議與挑戰。縱然現代人已對尼采哲學予以新的評價，認為尼采面對西方傳統哲學與文化的破產而負起價值重估與價值轉換的責任，重新建立人的地位，但我們仍無法否認他精神上的虛無傾向，雖然在本質上是提升的，正如存在主義，而存在主義又大多啟發自尼采。

歐洲的存在主義一則源於宣告上帝亡故的尼采，一則源於反對黑格爾哲學之荒誕以及笛卡兒、康德等理性主義之病態的齊克果（Kierkegaard）。我們雖不能認定存在主義本身即為虛無主義，但作為存在主者領袖之一的沙特顯然是個虛無論者。在其《存在與空無》（*Letre et laeant*）一書中，「虛無」可說是他討論的唯一主題。在《嘔吐》（*Nausea*）中他表示：「在這宇宙之中，沒有任何什麼，絕對沒有任何什麼能夠證明我們存在的價值。」誠然，這種人生觀似乎過於超絕與偏激，這種思想對於東方人尤其不可思議，但我們當知，沙特思想形成的背景一是齊克果的影響——理性哲學之悖逆和上帝之無法尋得，一是處於德國蓋世太保時代，他從事地下抗德工作時所經歷的生活否定面，故沙特思想之產生實源於思想上的虛無與生活上的虛無。

在《存在與空無》中，沙特曾借用理性哲學的主體與客體的二分法來解譯「虛無」。他認為「無」不待外求，它就存在實有之中，像一條毛蟲般存在他的內心，所以人感到虛無，完全由於自身使然。沙特將「存在」（being）分為兩種：一為「本然存有」，一為「自覺存有」，前者為無意識的，靜態的，亦即宇宙萬事萬物之客體。後者乃指人類的意識界而言，雖欠穩定，但能超越時空之限制，他認為真正的虛無乃存於我們意念之中。此一觀體，與中國哲學之「認識論」頗為不同。巾國之「認識論」既非笛卡兒之二分法，亦不如沙特將人的意識作為決定「有與無」的唯一本體。中國哲學主體與客體合而為一，如無客體之存在，主體即失去認識之對象，此固為無，但客體未透過主體（意識）之認定，自亦不存在，故中國人真正的虛無乃是宇宙性的，大有的，因我們認為此心即宇宙，整個宇宙也存於每一粒砂礫之中，而無「本然存有」與「自覺存有」之分。此一問題因已涉及純哲學範圍，我們不再詳論。

不論是尼采式的虛無或沙特式的虛無，誠如某些論者所指出，各自有其積極之一面。他們所探討的無不是人類在宇宙中之地位與生存之目的。他們均認為人必須對自己負責，作自我拯救，尤強調以行動爭取人之自由，恢復人的尊嚴，重視生命價值，故沙特自稱存在主義為一種新的人文主義（有別於康德的人文主義），一種使人生成為可能的學說。其實，虛無主義如達達之流，縱然反叛了一切，否定了一切，但它仍有一個最終目的，即為人性保存一點「真」——返璞歸真。

如果我們提高一層來看，將發現反映在一切文學藝術中的虛無均是一種超越的至高境界。只要我們經常審視古今偉大作品，就會驚訝於不朽大作的作者大多具有虛無的傾向，從叔本華到尼采，從杜斯朵也夫斯基到屠格涅夫，從福克納到漢明威……無不如此；且事實上「虛無」已成為現代文學藝術思想的一個主流。愛爾蘭劇作家貝克特（Samuel Beckett）寫過一個名《Waiting for Godot》的名劇，曾在歐洲各大都市上演十六個月之久，且每場均告客滿。但令我們驚異的是該劇從頭至尾貫穿著「虛無」的內容。由此足證，觀眾之所以如此喜愛這個戲劇，實由於劇中反映出他們最熟悉的經驗，即他們內心的空無之感。儘管有許多評論家對「老人與海」予以各種不同的詮釋，甚至柏恒斯（C. S. Burhans）認為該書重新肯定諸如英勇、愛情、謙虛、團結與互助等人類道德，但漢明威的全部作品都在迫使我們相信他是一個虛無論者。他的虛無思想表現得最為明確的是他的短篇小說《A Clean, Well-lighted Place》，其中有一段如此的對話：

「上星期他曾企圖自殺。」一個侍者說。

「為什麼？」

「他感到絕望。」
「為什麼絕望？」
「不為什麼。」
「你怎知不為什麼？」
「他非常富有。」

這種超越了「非常富有」之外的絕望，對世界一切幸福之外的絕望，是何其深沉！這篇小說最後把這種思想表現得更為澈底：「他知道一切都是虛無，此後也是虛無，虛無之後，還是虛無，我們是虛無之中的虛無，你的尊號應當是虛無，你的天國結果是一場空，你的意志也落得一場空。在天空中如此，在空曠的大地亦然……。」

像這種一切皆空的虛無論調，我們是否就斷定漢明威是一個為虛無而虛無的作者？我們最好再引證美國名評論家華倫在〈論漢明威〉中一段話來說明：「狂暴是因他明瞭人生的虛無，因而採取某種適合這種感受的行動。換言之，他努力企圖在一個自然主義的世界中去發掘人性的價值。」（譯目 *Robert Penn Warren Selected Essays*, P.93）。再以梵樂希為例，他可說是一個最忠於人生的象徵主義大師，但梵氏臨終時唯一的感歎是「虛無啊，虛無！」

我之所以引述以上各節並予反覆辯證，無非是求證一個事實，剖釋一個本體，即虛無只是一種無我無物而又有我有物的精神境界；既無關道德政治，更不需染以任何色彩而損其明澈超逸之本質。虛無並不以悲哀頹廢為其獨有象徵，正如死亡，死為人類追求一切所獲得的最終也是必然的結果、其最高意義不是悲哀，而是完成，猶如果子之圓熟。凡嚴肅藝術作品均預示死之偉大與虛無之充盈。質言之，我們所嚮往的「無」既非佛家頑空，漸滅空的「無」，亦非柏拉圖的not-being，而是無限有的「無」，向上超昇而無所不被的「無」，故可說「無」乃宇宙萬物之本源。這是就其本體而言，似嫌玄空。但另方面這種「無」也具有老子所謂「無為而無不為」的內涵。這個「為」字乃指外在自然生命之放縱以及內在慾念之造作而言，自然生命易於迷亂而不能自收，內在慾念的恣肆常使人陷於「登上吾不能，入下吾不悅」的迷惘，故人如能拋棄慾念，放開心襟，歸返真我，始能「無為」，能

「無為」方能「無不為」。

最後我們或可以另一個象徵來說明現代人的虛無精神，那就是希臘神話中的薛西佛斯（Sisy Phus）他不僅是一個荒謬的典型，而且也是一個虛無主義者，因他象徵一種明知不可為而又不得不為的偉大悲劇情結。他只有付出，而無補償，只有期盼而永無答案。現代人亦即如此，活著僅為把一塊巨石推上山，又隨即滾下，滾下又推上，如此週而復始，永無盡期。但就在這種無限期的悲劇中完成了一個人在歷史中的意義，也顯示人的偉大。正如加繆說：「薛西佛斯是神祇的賤民，他沒有力量，但他驕悍不馴。他完全明瞭他的悲劇情況，這種清醒的意識狀態構成他的苦刑的部分因素、同時也使他達到勝利。輕蔑能克服任何命運。」這種蔑視加諸己身的苦刑的力量，也正是人活下去的唯一力量。

三、超現實主義與詩的純粹性

兩次世界大戰曾對於整個人類文化招致急遽的變化，最顯著的是在思想上助長了存在主義的發展，在文學藝術上對超現實主義具有催生作用。我們如此說，並不意味著存在主義與超現實主義有著必然的血緣關係，因存在主義在文學上自有其代言人，如沙特之「涉世文學」與加繆之「荒謬文學」（Literature de Adsurde）。如就其出發點而論，我們不能不承認其相似之處：（一）就文學之最高目的而言，兩者俱將創作當作藝術家對人生的一種態度。（二）兩者都曾企圖籍創作以重獲人類一切業已失去的自由。兩者均欲掙脫集體主義的束縛，重賦個體以價值。因此我們不妨說存在主義與超現實主義乃是構成現代文學藝術真貌之兩大基本因素，只是前者偏於精神之啟發，後者著重技巧之創新。

是以超現實主義者基本上是要破壞一切道德的，社會的，美學的傳統觀念而追尋一種新的美與新的秩序，在技巧上他們肯定潛意識之富饒與真實，在語言上盡量擺脫邏輯與理則的約束而服膺於心靈的自動表現。

我們開始即已提到，今日中國現代詩由於對純粹與絕對之追求而向超現實主義發展（偽現代詩不在此列），或將有人對此一分析表示疑惑而指為「捨本逐末」。論者恆以為超現實主義是現代主義自立體派，達達派一系列運動發展下來的最後階段，而將其成長範圍局限於法國的詩或畫。表面看似如此，但盱衡目前整個國際詩壇，實際上超現實主義之影響正方興未艾，而且我們認為它的精神統攝了古典，浪漫，象徵等現代諸流派，我們甚至可從哈夢雷特身上發現超現實的陰影。此一運動之領導人物如布賀東（Andre Breton），藍波（Arthur Rimbaud），阿波里奈耳（Apollinaire）等雖已相繼作古，其宣言信條亦成歷史陳跡，但其精神與由來在藝術中產生之力量是不會消逝的，且事實上如亨利・米修，普勒維，俄乃沙，甚至聖約翰，樸斯等在今天仍是法國超現實主義之重要詩人。

從純藝術觀點來看，超現實乃一集大成之流派，只要你自翔為一個現代詩人或畫家，就無法擺脫超現實的影響而或多或少在作品中反射出那種來自潛意識似幻還真的不從理路但極迷人的微妙境界，甚至中國古詩中亦不乏這種例證，如李商隱的〈錦瑟〉詩：

錦瑟無端五十絃，一絃一柱思華年

莊生曉夢迷蝴蝶，望帝春心託杜鵑
滄海月明珠有淚，藍田日暖玉生煙
此情可待成追憶，只是當時已惘然

這首千古絕唱曾風靡了多少讀者，但也困惑了多少論者，自古解說紛云，有謂悼亡，有請自傷，有謂戀詩、但都是望文申義，自作解人。現已有人以潛意識來作解釋，而我們認為這正是一首屬於超現實手法的詩，雖然李商隱並未運用「自動語言」表現技巧。

在此，我們不能不首肯勒夢特（George Lemaitre）在其《從立體主義到超現實主義的法國繪畫》（*From Cubism to surrealism in French Painting*）一書中所謂：「正確的說，超現實主義並不是一種美學或文學上的派別。在根本上它是對整個人類的生存所採取的一種形而上的態度。我們認為文學藝術只是一種手段，用來幫助我們達到超越的理想境地。」此一說法正與「存在主義不是一種哲學，而是一種生活態度」的表白相似。

我們並無意在此為超現實主義某些難為一般人接受的技巧解釋如純訴諸「潛意識自動表現」但我們不能不因創造上的需要與語字上的變化而重新對它予以認識與估評。

超現實主義的詩與那些不可理喻的幻想或神話，其妙趣異香，其神祕與本質上的真實感，如出一轍。但超現實主義對詩最大的貢獻乃在擴展了心象的範圍和智境，濃縮意象以增加詩的強度，而使得暗喻、象徵、暗示、餘弦，歧義等重要詩的表現技巧發揮最大的效果。象徵主義與它有關，因它經常採用直覺暗示法。形上學也與它有關，因它表現出心靈深處的奧祕。故象徵派詩人與形上學派詩人均借用超現實手法去擴展想像的範圍，並以其調和諸多不諧和因素的方法去拌勻更多性質迴異的經驗。舉例來說：超現實主義先驅洛特雷阿蒙之句：「美麗一如一架縫衣機和一把雨傘在解剖臺上邂逅的機遇。」或如形上學派詩人T‧S艾略特之句：「斜陽黃昏一如麻醉病人躺臥在手術臺上。」或如象徵派詩人葉慈之句：「有人面獅身的巨獸踴躍步向伯利恆。」等等都同樣出自潛意識。表現出同樣的遽然的一連串聯想，但在感性上卻具有同樣的統一性，且產生一種意象上的驚喜與語言的火花。

這或許正是柯律治（S・T・Coleridge）所謂：「各種不諧和的特質間平衡或協調。」

其實，以上三位大師所採用的超現實句法，並非為「自動表現」手法，而是運用暗示以產生價值的壓縮與意象突出的效果。這類句法在我國幾位重要現代詩人的作品中累見不鮮，不足為奇，而且更能提供一種新的美感經驗。由此我們以為「自動語言」並非超現實詩人必具之表現技巧。

超現實主義最成功的作品之所以使我們感動和驚奇，主要是詩人的觀察受到他對客觀事物的新認識而支配。他不是以肉眼去辨識，而是以心眼去透視。這種認知不是浮面的或相沿成習的，故轉化為創作時能賦予事物新的意義與生命。一般人所謂「不懂」，即由於詩人未能按照他們心中原有的認知模式（Pattern）去述說，但詩人追尋的是事物之本質。所謂「靜觀」亦即心觀，即詩人往往在頓悟中體認出物象之原性，而不是物象的概念。所謂賦予事物以新的意義，意指詩人能透視某一事物過去未經發現的新的屬性，並攫住它，以一種最適切的形象表現之。這個能使我們對世界事物有新的瞭解與感覺的詩人，其抽象思辨能力並非一定較別人高明，唯一特出的是他具有那設計及探求最精巧的表達技巧之能力，藉此技巧他不但可以將他的瞭解與感覺形象化，並且由於他要在他所創造的形式內找出各種意義之間的關係，他更把這種感覺與瞭解擴展且予以修正。法國的高克多，徐拜維爾，聖約翰・樸斯，美國的艾略特，摩爾，康明斯，中國的葉維廉，瘂弦，商禽，楚戈等都是這一類長於技巧與形式操縱的詩人。當我們說：「向日葵扭轉脖子尋太陽的回聲」，這組意象所代表的內涵已超出象徵所能產生的效果而給予其本身原有屬性以新的意義與感覺。故奧登（*W. H. Auden*）認為：一位平庸詩人與偉大詩人不同之處在：前者只能喚起我們對許多事物既有的感覺，後者則能使我們如夢初醒地發現從未經驗過的感覺。

對於超現實主義的詩人，邏輯與推理就像吊刑架上的繩套，只要詩人的頭伸進去生命便告結束。布賀東賦予心靈的自由，唯一的目的是：永遠地更深入比邏輯世界，客觀世界更為真實的境界中去。超現實主義的口號「永遠更多的自覺」就是人類唯有在自覺中始能發現純粹之存在。試舉一最淺顯的例證：「星子點燃了夜」，這是邏輯的語法，數千年來約定俗成的「格物」之道證明這是正常的，但如果我們倒置過來說：「夜點燃了星子」，這雖然與事理相悖，但這種關係的換位（非僅如杜甫詩句「香稻啄餘鸚鵡粒，碧梧棲老鳳凰枝」的倒裝句法）造成了一種更為真實的情境，因唯有夜的黑暗始能顯出星的光輝。當然，我們也會憂慮到如果純訴諸潛意識，未經意志的檢查與選擇而將其原貌赤裸裸托出，勢必造成感性與知性的失調，詩生命的枯竭，而語言技巧對於詩的功用亦無從顯示。然而我們仍認為唯有潛意識中的世界才是最真實最純粹的世界，如純出諸理念，往往由於意識上的習俗而使表現失真。因此，我們主張一首詩在醞釀之初，獨立存在之前，必須透過適切的自我批評與控制，似此始克達到「欣賞邊際」而產生一種如艾略特所追求的介於「可解與不可解」之間的效果。

超現實的藝術是一種創造的藝術，也可以這麼說，凡創造的藝術都多少含有超現實的意味。前面我們業已提及，超現實主義者在創造過程中首先就唾棄了傳統的美學觀念而服從純心靈的活動。創造藝術家追求真我，真我唯有從潛意識中獲得。卡繆認為超現實主義是對虛無主義的嚮往，縱使如此，我們仍堅信只要是創造的藝術，不論它表現的是虛無，悲觀，反理性或無道德感、均可為繆斯所悅納，歷史所承認。布賀東在超現實主義宣言中說：「我們相信在表面上視為矛盾的兩種狀態——夢與現實，將來是可獲解決的，那就是絕對現實或超現實。」意即超現實乃是破除我們對現實的執著而使我們的心靈完全得到自由，以恢復原性、獨一的我。就這一層次而言，超現實主義不僅在精神上具有超人哲學的傾向，而且在藝術創造上能產生更大的純粹性。

超現實主義的詩進一步勢必發展為純詩。純詩乃在發掘不可言說的隱祕，故純詩發展至最後階段即成為「禪」，真正達到不落言詮，不著纖塵的空靈境界，其精神又恰與虛無境界合為一個面貌，難分彼此，而「還原到文學以前的那種混沌狀態」（林亨泰語）。如一旦發展至此階段，則詩可能脫離文學而如音樂與繪畫取得獨立地位。依此推斷，純粹的詩（poetry）已非文學，因諸凡敘述，描寫，心靈分析或意識流等方法均不能達成一首詩的目的，所以我們認為西洋史詩只是用韻文寫成的史蹟與神話，這是文學的範疇，而非詩的境地。

純詩面貌之一乃為技巧與觀念之渾成，藝術之不朽不僅依靠圓熟之技巧，亦有賴於支持此一「技巧偉大性」的觀念。這正顯示：米蓋朗基羅之不朽不僅是他那雙神奇的手，也是他偉大的思想。現代小說大師喬埃斯（James Joyce）與吳爾芙夫人（Virginia Woolf）運用象徵、暗示、節奏，戲劇張力和獨創字彙等方法來表現豐富的經驗內容，其技巧之高並不輸於莎士比亞、福樓拜及象徵主義諸大師，但更為重要的是他們透過這些技巧表現出現代人的困境以及對現實的敏感。觀念（即藝術家衡量人與宇宙之關係時所採取的獨特立場）與技巧實為一體之兩面。葉慈（W. B. Yeats）在讀過《尤利西斯》（Ulysses）與《波濤》（The Waves）後慨乎言之：「它們從我的內心泛濫溢出將我淹沒，且溶化了由一切線條與色彩劃成的界限。」純粹的作品均不可以二分法來判斷其價值。

我們判斷一首詩的純粹性，應以其所含詩素（或詩精神）密度之大小而定。所謂詩素，即詩人內心所產生的並賦予其作品的力量，這種力量在讀者欣賞時即成為一種美的感動，波特萊爾稱之為「人類對於崇高至美的熱望。」美感（並非美文）之作為詩的主體，在歐洲還是馬拉美以後的事，（十九世紀中葉，法國詩人即已企圖把詩的主體與其他東西的主體確切分開而使之卓然獨立。）在傳統詩中，美的感動乃附麗於內容，配屬於所謂「志」，美僅是詩中所表達之意念的飾物而已。

對於詩素解釋得較為妥切的當推梵樂希，他說：「當人們遇到一如受到壓迫似的一種自然景色時，多少會產生一種純粹感應。這種感應與其他的感應不同，而是與整個宇宙相應合，即以一種完全不相同於普遍的方式結合而形成一種關係完整的體系，一個充實的世界。」這種內心狀態即為詩精神之所在，也正是我們所追求的物我兩忘或天人相通的世界。此一世界與超現實階層的夢幻不同，夢中的形象乃是偶然的非調和的，且脆弱不能持久，縱然偶而捕捉到，但易於失去。純詩中所展示的乃自然之本體，真境中之隱祕，眾生命力之精髓。

根據以上分析，東方人實較西方人更易在詩中達到純粹與超絕的理想。詩與藝術在東方人眼中確具有一種嚴肅的價值，表現在詩或畫中並不重視那可抽離的含意，「志」僅列於附麗的地位。詩之出現被有諸多的態，而表現這些態的唯一媒介為語言。中國語言發展頗為特殊，由於受到單音的限制，其發展多趨於簡單之句法，其優點為易於造成警句，缺點是易於產生歧義（Ambigurity），不宜擔任分析工作，但對於詩，前者可產生極大的暗示效果，後者可增加詩的張力，這兩者均為純詩之重要因素。如以性質分類，可說歐美的語言是科學的語言，中國的語言是文學的語言，故中國詩人追求純粹與超現實較歐美詩人為易。

結語

當我國文學批評尚待發達之際，如對中國現代詩之演變妄作預言，實為危險之事，而欲對其未來發展之趨向設想一個指標或擬想一種風格，尤屬不智。但我們仍可根據現代藝術某些基本因素，與乎整個文學的演變史看出一些可能性，並道出我們自己的期盼。譬如純粹，絕對，完整（感性與知性之調和），自足等均一向為現代詩人追求的理想，而詩自古典，浪漫，象徵以降均日漸由群體趨於自我，由純情歸入純靈。我們並不以為超現實主義即為今日中國現代詩發展之唯一趨向，因藝術之創造決不是任何主義流派所能局囿的，但目前在對詩的純粹性要求之下，我們仍認為超現實主義的諸如「類似聯想法」，「直覺暗示法」，「時空觀念之消滅」等技巧是我們表現所需要的方法。當然，完全乞靈於潛意識或夢幻勢必有更多的偽詩假其名而行之，且將形成大一統的風格，因此我們在前文中特別強調藝術的獨創價值以及批評與控制。唯能如此，我們的詩才會在純粹與絕對之餘求得完整渾然，自供自足，似此其生命始能萬古常新。這或可稱之謂超現實主義之修正。

今日台灣真正具有現代精神與技巧的詩人寥寥無幾。中國現代詩的命脈在台灣，而台灣現代詩的前途則繫於少數幾位詩人，這種推論諒非武斷。嚴格地說，凡是已成名為大眾社會所接受的詩人都已不是澈底的現代主義者了。因為他為了獲取令譽勢必與他前所唾棄的對象妥協而被迫走向傳統與群眾。史班德所謂「現代主義運動業已告終」（The Modernist is Dead），並非如一般人誤解為現代主義的精神已經消滅，而只是他對歐美許多現代主義者因個人獲得在社會一面的勝利而背叛了以往那種赤裸的，純粹的，孤絕而獨創的風格，終化為一種「討好」作風與新學院派之腐朽氣味，表示深切的惋惜與悲悼。「現代」一詞，實際上具有兩層意義，一為時間性，一為獨創住，而且我們相信，只要是創造的，必然是現代的，只要是純粹的，必然是永久的。

我們詩壇年來常有某些胸懷狹隘，趣味淺薄的新學院派詩人，對一些在作品中表現高度創造力的詩人濫入「欲加之罪」，諸如虛無主義，性變態，現代病等等。我個人對此類問題的看法自信比較客觀。虛無主義，我已在前文中討論甚詳，不再引述。至於「性」之成為詩之題材，自佛洛伊德發現人類潛意識對現代文學之影響後，已毫不為怪。我們認為被心理學家及傳統社會視為不道德或病態的觀念，一經通過美感經驗與高度技巧處理之後，已成為一項藝術創作，而不再是那種觀念的原型。現代詩本無題材之限制，對於一個善於運用象徵與暗示的詩人，無物不可入詩。性為人類生生不息之本源，亦為藝術中最原始最嚴肅之題材，詩人可使其神聖化而超越道德的界限。以性為內容的詩，古今不乏其例，英國詩人柯律治的名作《忽必烈汗》〈KublaKhan〉即為一首對男女性器官含有強烈暗示的詩，但我們讀後並未有任何「汙穢不潔」之感。其次，所謂「現代病」，其實就是詩人追求新的表現手法時勢必具有的一種狂熱。「語不驚人誓不休」，正是求新求進步的精神，何容詬病！向外人借鏡，從而轉化為自己獨特的技巧，更應鼓勵。一個具有才能的詩人，他能吸收他人營養，亦能創造自己世界，縱使在早期他因過於積極與狂熱，表現技巧亦欠圓熟，自難免產生一些生澀的作品，但我堅信，只要他永持這種嘗試精神，揚棄陳腐，創造生機，時間將證明他的不朽。湯瑪士（Dylan Thomas）曾被傳統社會罵為「該死，他是一條下賤的狗」，康明斯（E. E. Cummings）亦被責為「文學的敗家子」，但他們仍不失為現代詩中的大師，在英美文學史上已有定論。能臻於此，實應歸功於他們早期的「現代病」。

讀完本文的前部分後，深信讀者對《石室之死亡》的藝術思想與創作過程當已有一個概括的瞭解。歸結來說，本文所探討的不僅是一般性的詩論，而且是我創造《石室之死亡》數年來由思到悟所累積成的一些對詩的認識，並經過否定，修正後所獲的結論。詩是一種自身俱足的主體，實不需任何理論來支持，因此前文各項論點乃是由我個人創作經驗中所提供出的某些角度，而不能算是我一貫創作的法則或準繩。

「石」詩發表之初，讀者一般的反應是驚異多於毀譽之批評，而其特徵為艱澀難解，寫至三十節時即有人建議不必再續，但一年之後竟有詩友鼓勵我再寫下去。

創作純係個人的事，何時另闢蹊徑，作者心中自知。「石」詩之內涵究竟為何？我唯一的答案是：「它就是詩中的那個樣子。」我確曾在作品中對生與死提供了一些反傳統的觀點，但這些觀點並非哲理性的，而是透過繁複的意象轉化為純粹的詩。「石」詩歷經五年的錘鍊，數月的修改，始克出版，足證我對該詩態度之嚴肅。很少作者在他作品曾經發表編印成集時復大加修改，我如此作，並非為遷就讀者，一是在不斷地自我否定、自我提升中對某些意象之塑造作必要之修正。有的可能較前明朗，有的也可能更為艱澀。至於「石」詩之創作動向與意圖，李英豪的分析與評論頗為客觀，對讀者之鑑賞不無幫助。

《石室之死亡》詩集自序

民國五十三年十一月於台北內湖

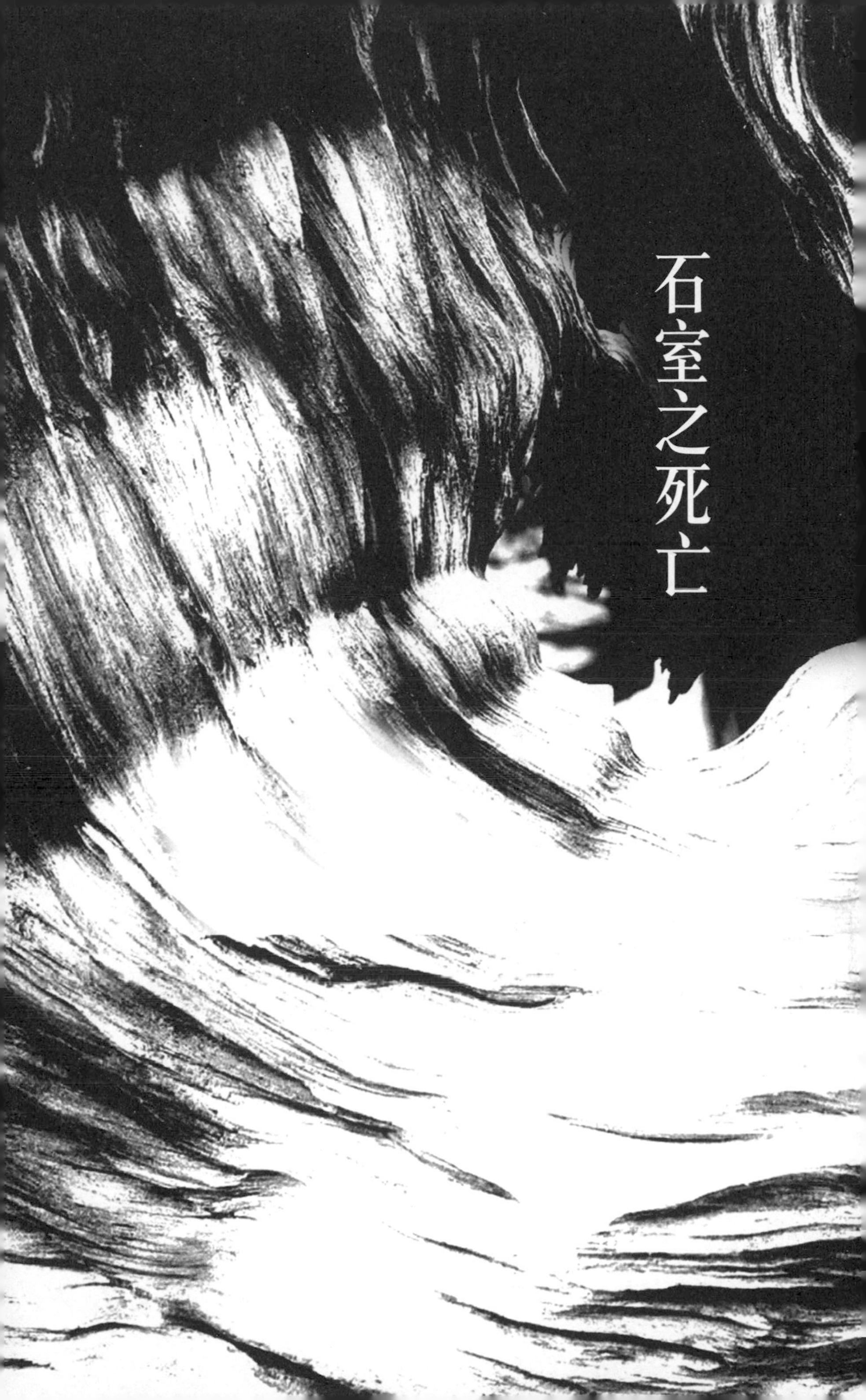

石室之死亡

1

祇偶然昂首向鄰居的甬道，我便怔住
在清晨，那人以裸體去背叛死
任一條黑色支流咆哮橫過他的脈管
我便怔住，我以目光掃過那座石壁
上面即鑿成兩道血槽

我的面容展開如一株樹，樹在火中成長
一切靜止，唯眸子在眼瞼後面移動
移向許多人都怕談及的方向
而我確是那株被鋸斷的苦梨
在年輪上，你仍可聽清楚風聲，蟬聲

2

凡是敲門的，銅環仍應以昔日的炫耀
弟兄們俱將來到，俱將共飲我滿額的急躁
他們的飢渴猶如室內一盆素花
當我微微啟開雙眼，便有金屬聲
叮噹自壁間，墜落在客人們的餐盤上

其後就是一個下午的激辯，諸般不潔的顯示
語言只是一堆未曾洗滌的衣裳
遂被傷害，他們如一群尋不到恆久居處的獸
設使樹的側影被陽光所劈開
其高度便予我以面臨日暮時的冷肅

3

宛如樹根之不依靠誰的旨意
而奮力托起滿山的深沉
宛如野生草莓不講究優生的婚媾
讓子女們走遍了沼澤
我乃在奴僕的呵責下完成了許多早晨

在岩石上種植葡萄的人啦，太陽俯首向你
當我的臂伸向內層，緊握躍動的根鬚
我就如此樂意在你的血中溺死
為你果實的表皮，為你莖幹的服飾
我卑微亦如死囚背上的號碼

4

喜悅，總像某一個人的名字
重量隱伏其間，在不可觸知的邊緣
穀物們在私婚的胚胎中製造危機
他們說，我那以舌頭舐嚐的姿態
便足以使亞馬遜河所有的紅魚如癡如魅

於是每種變化都可預測
都可找出一個名字被戲弄後的指痕
都有一些習俗如步聲隱去
倘若你只想笑而笑得並不單純
我便把所有的歌曲殺死，連喜悅在內

5

火柴以爆燃之姿擁抱整個世界
焚城之前，一個暴徒在歡呼中誕生
雪季已至，向日葵扭轉脖子尋太陽的回聲
我再度看到，長廊的陰暗從門縫閃進
去追殺那盆爐火

光在中央，蝙蝠將路燈吃了一層又一層
我們確為那間白白空下的房子傷透了心
某些衣裳發亮，某些臉在裡面腐爛
那麼多咳嗽，那麼多枯乾的手掌
握不住一點暖意

6

如果駭怕我的清醒
請把窗子開向那些或將死去的城市
不必再在我的短髭裏去翻撥那句話
它已亡故
你的眼睛即是葬地

有人試圖在我額上吸取初霽的晴光
且又把我當作冰崖猛力敲碎
壁爐旁，我看著自己化為一瓢冷水
一面微笑
一面流進你的脊骨，你的血液……

7

凡容器都已備妥，只等你一聲輕嘘
果汁便從我的雙目中滔滔而下
種過幾個春天？又收穫幾個秋日？
穿過祭神的面具，有人從醉了的灰燼中躍起
跳進墨西哥人的鼓聲

早年有過期許，當我是你農場的一棵橘
俯身就我，以拱形門一般的和善
栽培我以堅實的力，陽光與禽啄的喧鬧
如果我有仙人掌的固執，而且死去
旅人遂將我的衣角割下，去掩蓋另一粒種子

8

他的聲音如雪，冷得沒有一點含義
面色如秋扇，摺進去整個夏日的風暴
某些事物猥褻得可愛，顏色即是如此
只要塗抹在某一個暗示上
他便拿去揮霍，他從黑胡衕中回來

有時也有音響，四隻眼球糾纏而且磨擦
黏膩的流質，流自一朵罌粟猛然的開放
裸婦們也在談論戰爭，甚至要發現
肢體究竟在那個廂房中叫喊
口渴如泥，他是一截剛栽的斷柯

9

從夾竹桃與鳳尾草病了的下午走出
從盲者的眼眶中走出
如此不安，那個不喜歡虹的漢子
將自己的寧靜弄得如此潮濕
步度如此急促

由墓前匆匆走過，未死者的神采走過
月光藏在衣袖裏，他抓一把花香使勁搓著
連同新土一併塞入那空了的酒瓶
不顧碑石上的姓氏狠狠瞪他
躺在這裏的不是醉漢，亦非醒著

10

錦匣裏盛著手鐲和指甲之類的東西
沒有標記也不知屬於那個軀體
對鏡時，我以上唇咬住他的下唇
囚他於光，於白晝之深深注視於眼之暗室
在太陽底下我遍植死亡

暴躁亦如十字架上那些鐵釘
他頓腳，逼我招認我就是那玩蛇者
逼我把遺言刻在別人的脊樑上
主哦，難道你未曾聽見
園子裏一棵樹的悽厲呼喊

11

棺材以虎虎的步子踢翻了滿街燈火
這真是一種奇怪的威風
猶如被女子們摺疊好的綢質枕頭
我去遠方，為自己找尋葬地
埋下一件疑案

剛認識骨灰的價值，它便飛起
松鼠般地，往來於肌膚與靈魂之間
確知有一個死者在我內心
但我不懂得你的神，亦如我不懂得
荷花的升起是一種慾望，或某種禪

12

閃電從左頰穿入右頰
雲層直劈而下，當回聲四起
山色突然逼近，重重撞擊久閉的眼瞳
我便聞到時間的腐味從唇際飄出
而雪的聲音如此暴躁，猶之鱷魚的膚色

我把頭顱擠在一堆長長的姓氏中
墓石如此謙遜，以冷冷的手握我
且在它的室內開鑿另一扇窗，我乃讀到
橄欖枝上的愉悅，滿園的潔白
死亡的聲音如此溫婉，猶之孔雀的前額

13

他們竟這樣的選擇墓塚，羞怯的靈魂
又重新蒙著臉回到那湫隘的子宮
而我乃從一塊巨石中醒來，伸出一隻掌
讓人辨認，神蹟原只是一堆腐敗的骨頭
遂有人試圖釋放我以米蓋朗其羅的憤怒

我以清教徒的飢渴呼吸著好看的陽光
陽光寫在冬日的臉上，蜀葵與紫苑影子的重疊上
我如一睜目而吠的獸，在舌尖與舌尖戲弄的街衢上
許多習俗被吞食，使不再如毛髮般生長
許多情慾隔離我們於昨夜與明夜之間

14

你是未醒的睡蓮，避暑的比目魚
你是躑躅於豎琴上一閒散的無名指
在兩隻素手的初識，在玫瑰與響尾蛇之間
在麥場被秋風遺棄的午後
你確信自己就是那一甕不知悲哀的骨灰

囚於內室，再沒有人與你在肉體上計較愛
死亡是破裂的花盆，不敲亦將粉碎
亦將在日落後看到血流在肌膚裏站起來
為何你在焚屍之時讀不出火光的顏色
為何你要十字架釘住修女們眼睛的流轉

15

假如真有一顆麥子在磐石中哭泣
而且又為某一動作，或某一手勢所捏碎
我便會有一次被人咀嚼的經驗
我便會像冰山一樣發出冷冷的叫喊
「哦，糧食，你們乃被豐實的倉廩所謀殺！」

夏日的焦慮仍在冬日的額際緩緩爬行
緩緩通過兩壁間的目光，目光如葛藤
懸掛滿室，當各種顏色默不作聲地走近
當應該忘記的瑣事竟不能忘記而鬱鬱終日
我就被稱為沒有意義而且疲倦的東西

16

由某些欠缺構成
我不再是最初，而是碎裂的海
是一粒死在寬容中的果仁
是一個，常試圖從盲童的眼眶中
掙扎而出的太陽

我想我應是一座森林，病了的纖維在其間
一棵孤松在其間，它的臂腕上
寄生著整個宇宙的茫然
而鎖在我體內的那個主題
閃爍其間，猶之河馬皮膚的光輝

17

一個演員死後，幕正啟開
僅僅一片燭光，便將他牆上的立影化成一股輕煙
至於他表演的那個最不好笑的笑
只是一塊怎麼擰也擰不乾的汗巾
遺落在曲未終的走道上

他曾打扮舒齊，在日午
去拾取那散落在平交道鐵軌的脊樑上
一撮自己的毛髮
當我們的怒目隨著淚水滴落
他的腳印已躍地而起

18

終是我的一位弟兄
你從虹裏來，你吃水中的柔，鐵中的熱
你用說「否」的唇埋怨說「是」的眼
我都飲過，飲過你
——一杯被吸盡了個性的下午茶

城市中我看到春天穿得很單薄
看到壓在斷垣下母親的心
有人揮著汗，在牆腳下挖掘牆的意義
而它或許正是，充滿感激的
在你眼中長大的一棵菩提

16～18三節原題為「早春」——給楊喚

19

給出喜悅，當岩石給出它粗糙的光
其光來自千萬匹草葉的孤默
凡異教徒不作如是想，不把喜悅看作
再度從花朵間驚惶逃出的蜜汁
譬如愛，第二次受誘惑便顯得庸俗了

第一回想到水，河川已在我的體內氾濫過千百次
而靈魂只是一襲在河岸上腐爛的褻衣
如再次被你們穿著，且隱隱作痛
且隱隱出現於某一手掌的啟闔之間
火曜日，我便引導眼淚向南方流

20

靜待那白色的蜜月，當三月嫁給去年的雪
在耶路撒冷蒼白的臉上
有陌生的步履把春日的霹靂踩響
那些冬夜，把粧奩分贈給拿刀子的人
於是你便遠離我，說我的淚一度藍過

聖誕夜與我，同繫於異鄉人的足踝
松葉與星群撫觸，有人走去
鹿車與長鞭埋怨，有人走來
被拖過月光滑潤的皮膚，我們去宣揚死
我們是曝曬在碼頭上的，兩片年輕的鱗甲

21

焚化之後，昨日的屍衣從墓地蝶舞而出
其顏面，其步態，驟然使我想起
塗在猶大左臉上那道尷尬之光
當十字架第三次拒絕那杯刑前酒而扭斷了臂
我遂把光交給黑色

蛆蟲們在望過彌撒後步出那人的肌膚
如此虔誠的男女，如此的在聖餐桌上咀嚼媚眼
設使你們，以及母親們被鏡中的羞愧殺死
馬槽固因一個女人的童貞而出名
而主接納我以另一隻眼睛

22

我曾以膏血補綴羊欄
是愛？是火？是從羔羊目光中擠出的溫馴？
你們狠狠瞪我，以蛇腹的冷
猶之死亡緊握住守墓人腰上的一串鑰匙
你們堅持要服從一種新的虐待

一口棺，一堆未署名的生日卡
都是一聲雅緻的招呼
一塊繡有黑蝙蝠的窗帘撲翅而來
隔我於果實與黏土之間
彩虹與墓塚之間

23

別因一座建築之完成而唾棄我，弟兄們
你們將如春天的睡衣在冬天醒來
你們將如脫落的牙齒，抽出骨骼的樹林
如此軟弱，宛如草根伏行於地
失血的岩石亦將因盜取日光而遭鞭笞

我曾是一座城，城堞上一個射口
當浪漫主義者塞我的靈魂於燒紅的砲管
今天的嘯聲即將降級為明天的低吟
騎樓上只懸掛著一顆鬚眉不全的頭顱
你們或因絞刑機件的過於簡單而歡呼

24

於是你們便在壕塹內分食自己的肢體
如大夫們以血漿寫論文，以眼珠換取名聲
那臼砲的一呼一吸多麼動人
一輪裸日迅速地從鋼盔上滑落
你們只要通過一具瞄準器即成不朽

從蜥蜴的目光中發現溫馴，膚色上找到執拗
去年，我想到你們可能就是這種動物
想到戰爭，戰爭是一襲摺不攏的黑裙
當死亡的步子將我屋頂上的一抹虹踢斷
我猛憶及你們有一雙烏賊吃過的眼睛

25

感激，常如梳粧臺上一柄冷冷的銀鎖
常在守候著最初的開啟
最初的鏡面上，一撮黑髭粘住一片驚愕
而訕笑自其間躍起，猶如飢餓自穀倉躍起
領受者乃向室內的燭光借取鑰匙

明澈如酒，酒有時也製造歷史的清醒
在一隻粗俗的土甕中
夜以一種河流的姿態向四壁挨靠
不論是誰的影子，都要被光雕鑿
如他不願被指為以痛苦洗刷身子的人

26

宗教許是野生植物，從這裏走到那裏
讓一個無意的祝禱與另一個無意的懺悔相識
且親額，在互吻中交流著不潔的血液
且在我的咳嗽中移植一株靡刺
我睏倦，舌頭躺著如一痴肥的裸婦

他們以火紅的眼球支持教會的脊樑
從不乞求，他們以薪俸收購天國的消息
於是他們嚼著夏天，消化了秋天
把春天的渣滓吐在祭壇上
而將剩下的冬天賣給那被賣的猶太人

27

光榮貞烈等等常視為蛇蠍的後裔
我們常為一張壞名聲的床單包裹著
母親在嬰兒的睫毛間夾著明日的隱憂
新娘亦是如此，危機在醉目中首次出現
每每在初夜被不相識的男人咬傷

在歡愉的節日裏我們以譏諷感恩
把太陽當作夏日唯一的收穫
神哦，我們怎能吞食你的預示
怎能以施捨當晚餐
而讓他們在前額上顯示自己的驕橫

28

如果我們邂逅在清明節的小路上，姐妹們
你們能不把亡魂如彩傘般嬉弄？
在不笑的面頰上又一次縱容自身的失敗
一部份在飛去的紙灰中遺忘
另一部份在清醒的新墳中尋到

妳們總以自己的眼色去理解男人的滿足
訣詞如石井上的青苔，腳步一滑
慾望便被摔爛成一堆獸屍
倘以骯髒的業績去堵塞歲月的通道
便有人罵我為一比春天還無聊的傢伙

29

縱使在一匹巨獸的齒縫間
妳們還要爭論唇膏與地獄的關係
妳們吐昨夜的貪婪於錦被上
且從雙目中取出春衫與匕首
逼那些壞丈夫將尊嚴如口哨般浪費

至於愛，沒有任何事物可使其成為謙和的鄰人
可使鮮花不在壁龕上死亡
誰的靈魂中寄居著知識的女奴
誰在田畝中遍植看不見的光輝
妳們原該相信，慕尼黑的太陽是黑的

30

如裸女般被路人雕塑著
我在推想，我的肉體如何在一隻巨掌中成形
如何被安排一份善意，使顯出嘲弄後的笑容
首次出現於此一啞然的石室
我是多麼不信任這一片燃燒後的寧靜

飲於忘川，你可曾見到上游漂來的一朵未開之花
故人不再蒞臨，而空白依然是一種最動人的顏色
我們依然用歌聲在你面前豎起一座山
只要無心捨棄那一句創造者的叮嚀
你必將尋回那巍峨在飛翔之外

31

甲板上，你們大膽地以海的怒色背叛自己
認定暈眩是個最好的情婦
在顛波中你們互相宣揚對方的劣跡
並駭然在此裸陳一片毛髮的新生地
人子啦，上帝焉能不焚海圖於你們的舷邊

別以測錘去探量船長的微笑
或以水手的命運去賭暗礁的脾氣
因繩端繫著的正是一個憤怒的明天
祇有對死亡一無所知的人
纔會愚昧得在逆流中去瞭解一隻錨爪

32

以一隻烤焦的母鵝為主角
我把這幕悲劇的高潮安排在酒後
讓微醺的佛洛依德去哭一個晚上
當觀眾以目光劃開了幕布
一盆炭火與性的新關係就此確定

也算一種哲學，白晝的肉體在黑夜醒來
為使不懂哀苦的人去學習高雅的步態
去攀交神的親信
我該正式向一切的餐具宣告
總有人會為這隻鵝的善行而戰慄

33

夏日撞進臥室觸到鏡內的一聲驚呼
你即將暗色塗在那個男子揮塵的手勢上
如你欲棄自己的嘴唇而逃，哦，母親
請先鎖一條小蛇於我眼中
血，催睡蓮在這肉體與那肉體中綻放

你懂得如何以眼色去馴服一把黑布傘的憤怒？
痴立鏡前，一顆眼珠幾乎破眶而出
別推開一扇門似的任意把靈魂推開
而我只是歷史中流浪了許久的那滴淚
老找不到一付臉來安置

34

在吞食夏日的焦灼之後
你猶是一年輕的紅裙，稍為動一動
裙底便有千顆太陽彈出
因而你自認就是那株裸睡的素蓮
死在心中即是死在萬物中

依然我的姊妹如此驕橫，如此把她的姿色
在牆角上使勁磨出某種笑聲
依然她將貪婪藏在婚後的臀下
且用雙目緊抱著我頭上最亮的一部份
哦，多美的年齡，在睫毛下隱隱蠕動

35

許多池沼喝乾了藍天而吐出血來
因而我想到那個陌生人多半死在千間客廳中的一間
又一次歉意從水面升起
如一根鞭子劈在你我之間
那蓮瓣啊！觸及泥土便週身如焚

你的身子是昨夜
不管誰在顫動，一靠近即飲盡了黑色
且迫使情慾如一叢茱萸在眉梢轟然綻放
或許那時你將在敗葉中獲得頓悟
當整座森林通過煙囪而抽象起來

36

諸神之側，你是一片階石，最後一個座椅
你是一粒糖，被迫去誘開體內的一匹獸
日出自脈管，飢餓自一巨鷹之眈視
我們賠了昨天卻賺夠了靈魂
任多餘的肌骨去作化灰的努力

未必你就是那最素的一瓣，晨光中
我們抬著你一如抬著空無的蒼天
美麗的死者，與你偕行正是應那一聲熟識的呼喚
驀然回首
遠處站著一個望墳而笑的嬰兒

33～36四節原題為「睡蓮」

37

飲太陽以全裸的瞳孔
我們的舌尖試探不出自己體內的冷暖
A・卡西，你知道甚麼是美麗的錯失？
指針逐時間於鐘面之外，這是唯一的日子
當一襲黑雨衣從那上尉的肩際徐徐滑落

為何一枚釘子老繞著那幅遺像旋飛不已
為何我們的臉仍擱置在不該擱的地方
假若一群飛蛾將我們血裏的鐘聲撞響
便閃出火花來吧，這是唯一的結局
在床上，誰都要經歷幾次小小的死

38

一襲黑雨衣就永遠如此地滑落了
明天，A・卡西仍將是戰前那個人的名字
每個射口都曾吐納日、月、河、山
當一顆砲彈將一樹石榴剝成裸體
成噸的鋼鐵假我們的骨肉咆哮

曾是狼煙曾是冷鋒
曾是一條無人走過的長廊
看啦，那河面的斷肢，水漩中你清晰的齒痕
要愛就該這個樣子，A・卡西
戰爭不因你的帽簷拉低而羞怯

39

音容自正面走來，我卻仰望
淋浴者般的專一，以枯焦的唇
承受這份照顧
為弄清楚這張梯子該擱在何處
便第二次躍起，望一眼日升日落

這色調好酸楚，常誘使我們向某一方位探索
順勢而下，沿葉子的脈絡追去
倘如百花忠於春天而失貞於秋日
我們將苦待，只為聽真切
果殼迸裂時喊出的一聲痛

40

一付臉的暗面，帆在其中升起
憶及沙丘，腳印間的腳印
帆在升起，表示一種過多的受苦
藍，藍，藍，藍，藍，藍
終有一個海會溺死在那女人的微笑中

足趾輕擊，你以仰泳維持一顆星的方位
偶一翻身，便隱失於不白不黑的悲哀
讓我依隨你，為你的杖，為你笑後的餘音
為你的最初，曾被那女子毒死過的
以她揚眉的溫婉

41

向那迴廊盡頭望過去，你就是那座墳
又一次初在你目中，比我猶初
脫去肌骨，換上塵土
你想以另一種睡姿去抗拒
女人解開髮辮時所造成的風暴

他在自己的肉身中藏有這樣一個譬喻
——我的軟骨只為飲過蝸牛的奶
戰爭，黑襪子般在我們之間搖幌
想起死與不死的關係
我的眼色遂變得很獸，很漢明威

42

門也是這類動物，常使我們畏葸
使我們驚悸於那一聲咿呀
當鏡的身份未被面貌所肯定
誰不服從這一片空洞，而我只是月光
月光踩著蛇的背脊而來

銅環如女僧，左耳戀著右耳
而我專誠如一枚鐵釘，步步逼入你的肉體
倘有物在其間躍動，那是建設
在羞愧中為你開鑿一千扇窗
讓你把門如童貞般一重重鎖起

43

石室倒懸，便有一些暗影沿壁走來
傾耳，聽穴隙中一株太陽草的呼救
哦，這光，不知為何被鞭撻，而後轢死
而後任悲痛如酒流下
我狂飲以目，以胸，以醉後的不知

你，一隻未死的繭，一個不被承認的圓
一段演了又演的悲劇過程
而我算什麼，一次可怕的遺忘
遺忘那嬰屍是你，或我
我是從日曆中翻出的一陣嘿嘿桀笑

44

月落婦人之目
晨色猛撲向屋角一個又黑又深的睡眠
昨夜是一愚行，我們在血肉裏相逢
是慶典，是戰陣，鼓聲傳自腰際
隔一層藝布，顏料在上面塗染，在下面抹掉

我們拭汗，十指如風
想起鹽，想起黑奴牙齒的冷冽
為一面旗的帛裂聲所懾住，我們闔目
從貝葉中悟出一尾蠹魚，瞿然
在蒲團上參出一隻蟾蜍，愕然

45

而早晨是一翻轉背走路的甲蟲
且行且嚼，我是那吃剩的夜
猶隱聞星子們在齒縫間哭喊
我把遺言寫在風上，將升的太陽上
在一噴嚏中始憶起吃我的竟是自己

額上撐起黑帷，如淚在頰上棲著
從太陽裏走進，向日葵裏走出
不知穿一襲青衫像不像那雲
如此單薄，雲常在某一山谷中病瘦
我在碑上刻完了死，然後把刀子折斷

46

姊妹們從看手相中也能摸出一些愛
臉紅的神，以軟顎支持下層建築的神
用舌尖輸送諸般趣味，你們是揉皺的花
被去的人扔掉，又為來的人拾起
你們是鞋聲，死於街衢，醒於街衢

猶之一換皮的巨蟒
春天的城市散落著帶傷的鱗甲
你們圍睹，繼而怨尤，嫌街面不夠亮
誘使我把一隻眼睛挖出掛在電線桿上
神哦，我所能奉獻於你腳下的，只有這憤怒

47

當時間被抽痛，我暗忖，自己或許就是那鞭痕
或許你的手勢，第一次揮舞時
一伸臂便抓住一個宇宙
而閃爍自一鷹視，鷹視自一成熟的靜寂
猶聞風雷之聲，隱隱自你指尖

便成為樹，成為虹，我們乃爭相攀援
爬著一段從升起到墜落的距離
亦如我們的仰視，以千心丈量千山
當光被吸盡，你遂破雲而下
終至捧成傳說中那個人的樣子

48

我確曾想到，一部份夏日是屬於血的
另一部份只有母親腹內的啼聲知道
這是夜外之夜，你讀完半個月亮入睡
設使有人以身段取悅於臥榻
黎明，你便倨傲得如螳螂之一進一退

房中，所有的黑暗都在醞釀一次事變
不滿於一盞燈在我們體內專橫
屬於血也屬於鹽，我是欲哭之前的情緒
如此動心，如此我的鼻尖隨之翹起
用勁頂住且轉動上帝的座椅

49

築一切墳墓於耳間，只想聽清楚
你們出征時的靴聲
所有的玫瑰在一夜萎落，如同你們的名字
在戰爭中成為一堆號碼，如同你們的疲倦
不復記憶那一座城曾在我心中崩潰

還默禱甚麼，我們已無雙目可閉
已再無法從燃燒中找到我們的第七日
是冬天，就該在我們裏面長住
是冰雪，就該進入耳中，脫自己的衣裳
去掩蓋我們赤身的兒子。

50

據說弄蛇人死了，這是戰前發生的
死於一種肉體上的事件
有人葬他於一酒瓶，祇為使其澈悟
死亡乃一醒後的面容，猶之晨色
猶之那花蛇從他瞳孔中閃閃而出

從此便假寐般臥在自己的屍體上
且在中間墊一層印度的黑色，任其擴展
任其焚化，火葬後的黑色更為固體
如果火焰一直上昇而成為我們的不朽
燒焦的手便為你選擇了中央的那個人

47～50四節原題為「四月的傳說」

51

猶未認出那隻手是誰，門便隱隱推開
我閃身躍入你的瞳，飲其中之黑
你是根，也是果，集千歲的堅實於一心
我們圍成一個圓跳舞，並從中取火
就這樣，我為你瞳中之黑所焚

你在眉際鋪一條路，通向清晨
清晨為承接另一顆星的下墜而醒來
欲證實痛楚是來時的回音，或去時的鞋印
你遂閉目雕刻自己的沉默
哦，靜寂如此，使我們睜不開眼睛

52

赤著身子就是你要到臨的理由？
女兒，未辨識你之前我已嚐到你眼中的鹽
在母體中你已學習如何清醒
如何在臥榻上把時間揉出聲音
且揮掌，猛力將白晝推向夜晚

我們曾被以光，被以一朵素蓮的清朗
我們曾迷於死，迷於車輪的動中之靜
而你是昨日的路，千條轍痕中的一條
當餐盤中盛著你的未來
你卻貪婪地吃著我們的現在

53

由一些睡姿，一個黑夜構成
你是珠蚌，兩殼夾大海的滔滔而來
哦，啼聲，我為吞食有音響的東西活著
且讓我安穩地步出你的雙瞳
且讓我向所有的頭髮宣佈：我就是這黑

世界乃一斷臂的袖，你來時已空無所有
兩掌伸展，為抓住明天而伸展
你是初生之黑，一次閃光就是一次盛宴
客人們都以刺傷的眼看著你——
在胸中栽植一株鈴蘭

51．52．53三節原題為「初生之黑」——給初生小女莫非

54

把夜摺成你所喜悅的那種款式
且望著你脫光肌膚伏在睡眠上
亦如雪片覆在潔白上
我是一隻握不住掌聲的手，懦怯如此
茫然如此，滿室遊走如一失戀之目

燈下，假如你的話語找不到那隻主要的唇
我便忍著歡樂將自己一劈兩半
一半安置於你我之間
另一半任其化為無人供養的瓶花
假使有人企圖拿去焚掉……唉！焚掉也罷

55

焉知，伊的額角在你胸前輕輕揉出的
豈僅是火焰一閃
（唉，又是那長髮，引火之物）
石榴首次爆裂時所生出的那種慾望
升起於你們的對視

你們怔怔的眸子裏伸出一雙手
互相緊拉著，陽光與影子般的糾纏
終而把整個下午纏得如此疲睏
哦，好深的水漩，在你們的對視中
響起一聲霹靂

56

千根廊柱在心中支撐
側臥如山，你是陽傘底下的那個影子
這麼穩實而又虛無而又一觸便知
獨有伊，沿著迴廊徐徐旋入你的眼睛
及至一種純粹展示其中

是晨曦，太陽呼喊著太陽
是杯底的餘醉，是鳳凰飛翔時的燃燒
伊是枕邊不求結論的爭吵
如果你推倒所有的石柱淒然而去
伊的眼淚就再找不到挑釁的對象

54．55．56三節原題為「火曜日之歌」——給病中詩人覃子豪

57

從灰燼中摸出千種冷千種白的那隻手
舉起便成為一炸裂的太陽
當散髮的投影扔在地上化為一股煙
遂有軟軟的蠕動，由脊骨向下溜至腳底再向上頂撞
——一條蒼龍隨之飛昇

錯就錯在所有的樹都要雕塑成灰
所有的鐵器都駭然於揮斧人的緘默
欲擰乾河川一樣他擰乾我們的汗腺
一開始就把我們弄成這付等死的樣子
唯灰燼才是開始

58

幾乎對自己的驕傲不疑，我們蠢若雨前之傘
撐開在一握之中只使世界造成一陣哄笑
一朵羞澀的雲，雲是背陽植物
床亦是，常在花朵不停的怒放中呼痛
痛，黏黏地，好像決不能把它推開一般

兩臂將我們拉向上帝，而血使勁將之壓下
乃形成一種絕好的停頓，且搖蕩如閒著的右腿
閒著便想自刎是不是綁斷腰帶之類那麼尷尬
我們確夠疲憊，不足以把一口痰吐成一堆火
且非童男

59

我已鉗死我自己，潮來潮去
在心之險灘，醒與醉構成的浪峰上
浪峰躍起抓住落日遂成另一種悲哀
落日如鞭，在被抽紅的海面上
我是一隻舉螯而怒的蟹

前額赤裸，為承受整個的失敗而赤裸
對於那人，即使笑笑都是不必要的
潮來潮去，載得動流卻載不動愁
天啦！我還以為我的靈魂是一隻小小水櫃
裏面卻躺著一把渴死的杓子

60

正午，一匹牝獅在屋脊上吃我們剩下的太陽
有人咆哮，有人握不住掌心的汗
有人擁抱一盞燈就像擁抱一場戰爭
唯四壁肅立如神
穩穩抓住了世界的下墜

我們也偶然去從事收購骨灰的行業
號角在風中，怒拳在桌上
是誰？以從來福線中旋出來的歌聲
誘走我們一群新郎
刀光所及，太陽無言

61

那一陣子，清明節，我們在碑中醒著
哭著的人愛種白楊，把我們倒轉來栽植
而天河冷冷，從唇邊流過復迤邐而西
焦渴是神的，我們唯一的一顆門牙
在呼吸中爆炸

在泥中，我們吆喝自己的乳名慶祝佳節
這是青苔之滑，飛幡之舞，鮮花之妖
這是杏花村一塊斑爛的招牌
醉非醉，任李白仰泳於壺中的蒼穹
鐘聲未杳，我們仍住在死中

62

婦人摔破一隻茶杯正暗示早晨的某些可能
可能包括健身操，在小腹上扭出一聲嗚咽
包括放一點貞潔在上下顎之間
因而你們瘦得的的確確成一把梳子
——僅餘牙齒與背脊

包括舌頭出而不進，目光綠而且亮
包括身體某部份一夜之間成為一座廣場
當太陽囚燃點於一枝葵花
猛退一步，我見鏡中伸出一隻手
塞給你們一枚鑰匙

63

至死還是那句話
那個漢子是屬於雪的，如此明淨
如光隱伏在赤裸中，韓國舞之白中
他踱過來了，把玻璃踩成滿天星斗
他是嬰孩，是從月門中探首而出的圓

倘雪站了起來，且半轉著身子
我們就喜愛這種剝光的存在
用力呵我們擊掌，十指說出十種痛
我們一口咬定那漢子就是去年的雪，因為很白
因為他在眼中留一個空格

57～63七節原題為「太陽手札」

64

沒有甚麼比一樹梨花之夭亡更其令人發狂啊
我無從推想，握在左掌中的雕刀
如何能觸怒右掌中的血
你或許正是那朵在火焰中活來死去的花
將之深深埋葬在

我們另一種呼吸中
開花不開花並非接吻不接吻之分
正如我們與你們
並非僅僅為了吃掉那些果
化成那些泥

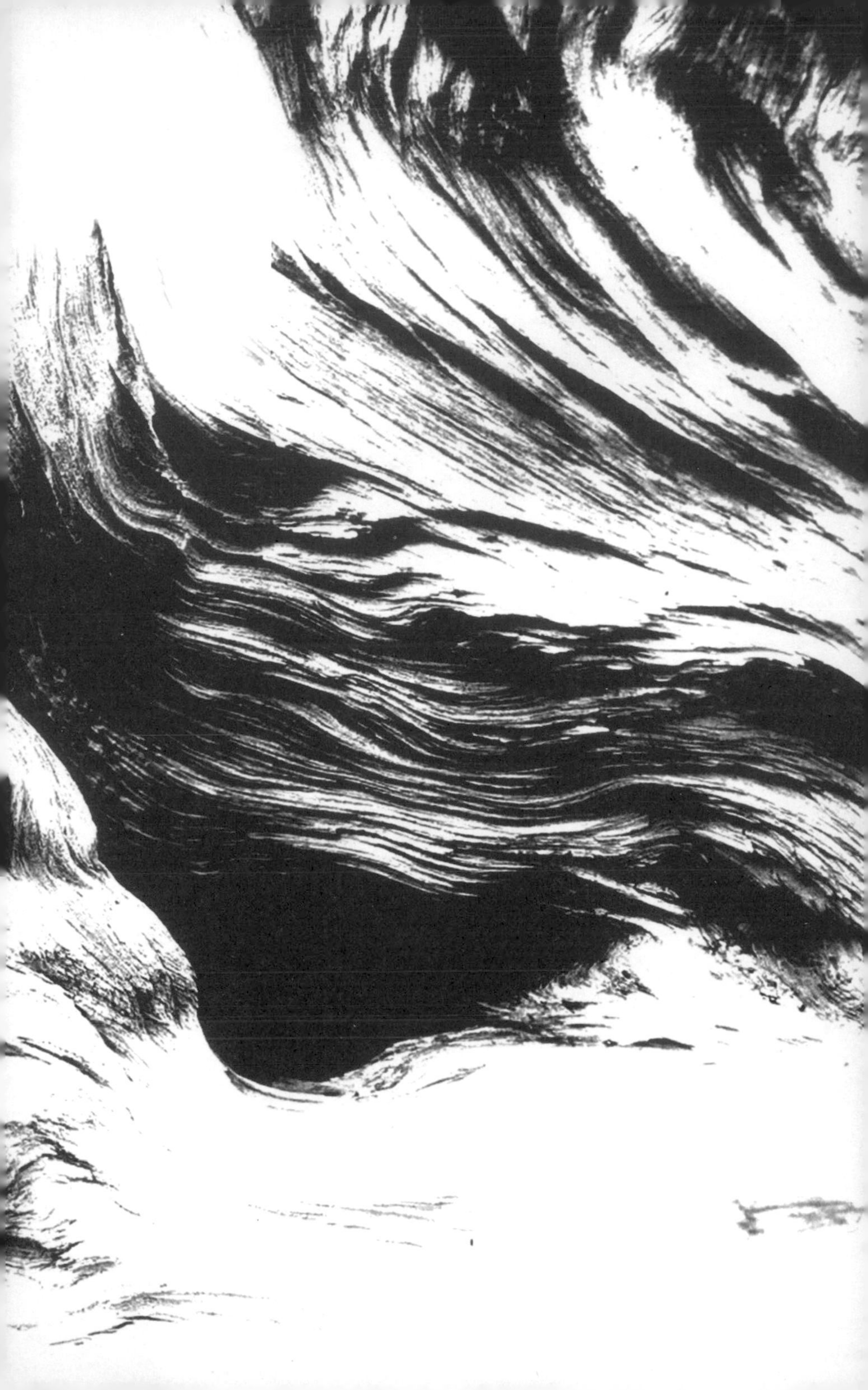

石室之死亡

【後記】

【後記】

《石室之死亡》再探索

《石室之死亡》是我早年投身現代詩創作的一塊重要里程碑，也是中國新詩史上一項空前的實驗。這首詩最初刊於一九五九年七月《創世紀》詩刊第十二期，迄今已歷二十八年。結集出版數年後，坊間即已絕跡，年輕讀者大多僅聞其名，或在選集中偶見殘篇，或在評論中讀到一二摘句，均無機緣得窺全豹，故好奇心日盛，每於談詩場合中，總有人向我問到這個詩集何時可以出土，再版問世。

《石室之死亡》雖湮沒日久，卻一直受到批評界的注視，歷年來的評論文章，累積起來不下二十餘萬字。這些意見的爭議性甚大，有兩極化的傾向，於是概述台灣現代詩發展史的人，便對這個詩集下了一個「毀譽參半」的結論。對我來說，

《石室之死亡》既是一項極具原創性的實驗作品，或譽或毀，都不重要。它雖非不朽的巨構，但也不是繁瑣平庸之作，它的主題雖不受時空的限制，但它的歷史地位，似應放在它產生的時空背景中去衡量。

《石室之死亡》從最初發表到出版，共歷五年之久，其間曾以十行一節，或不定行形式，分別載於《創世紀》詩刊、《藍星詩選》、《現代文學》、《筆匯》、《文星》等刊物。這段期間，我的文學生命正處於狂熱的巔峰狀態，詩情豐沛，感性敏銳，閱讀廣泛而專注，汲取西洋文學和藝術觀念及創作技巧，如長鯨飲水，涓滴不遺，而當時的現實環境卻極其惡劣，精神之苦悶，難以言宣，一則因個人在戰爭中被迫遠離大陸母體，以一種飄萍的心情去面對一個陌生的環境，因而內心不時激起被遺棄的放逐感，再則由於當時海峽兩岸的政局不穩，個人與國家的前景不明，致由大陸來台的詩人普遍呈現游移不定、焦慮不安的精神狀態，於是探索內心苦悶之源，追求精神壓力的紓解，希望通過創作來建立存在的信心，便成為大多數詩人的創作動力，《石室之死亡》也就是在這一特殊的時空中孕育而成。

一九五八年，金門發生激烈砲戰，中外轟傳，其時我正在台北大直軍官外語學校英語班受訓，六月間我寫了一首頗具規模的突破性的詩《我的獸》；這是我告別浪漫的《靈河》時期，而開始嘗試現代詩創作的一個起點。至今我仍無法確定這首詩的靈感是否與炮戰有關，但可以肯定的是，這首詩初次表達了我對人性以及存在意義的質疑。一九五九年五月我由外語學校畢業，七月派往金門戰地擔任新聞連絡官，負責接待來自世界各國的採訪記者。不知出於何種默契，當時的砲戰雙方都遵守「雙打單停」的約定，故每逢單日，外國記者便蜂擁而至，我的任務便是陪同他們參觀陣地，或訪問碉堡。有時單日照打不誤，雖然發射而來的砲彈內裝的只是傳單，但聲勢依然嚇人，如當頭擊中，自不免血肉橫飛，故出任務時的危險性極高。

最初我在一間石塊堆砌的房子裡辦公，夜間則到附近另一個地下碉堡中睡覺，及到三個月之後才搬進一個貫穿太武山，長約兩百公尺的隧道中去住。由於記者都在當天下午搭機返台，晚上通常都很清閒，可是也相當無聊。為了避免暴露位置，隧道內經常不發電，晚餐後大家除了在黑暗中聊聊天之外，便是睡覺。開始我很不習慣這種生活，經常失眠，在黑夜中瞪著眼睛胡思亂想，有時在極靜的時刻，各種意象紛至沓來，久而久之，在胸中醞釀成熟，便蠢蠢欲動，直到八月某日，我在辦公室開始寫下《石室之死亡》的第一行：

偶然昂首向血水湧來的角道，我便怔住

《石室之死亡》最初的主題是死亡，一開始出現這樣的句子本是很自然的事，但我覺得太直接，不夠好，推敲再三，便改寫：

只偶然昂首向鄰居的甬道，我便怔住

正在一面思索，一面斟字酌句的修改中，室外突然傳來一陣炮彈爆炸聲，震得石室一陣搖晃。坐在我對面的一位上尉軍官嚇得躲到辦公桌下去了，而我這時靈感驟發，只顧低頭寫詩，當我面對死亡威脅的那一頃刻，絲毫不覺害怕，只隱隱意識到一件事，如果以詩的形式來表現，死亡會不會變得更為親切，甚至成為一件莊嚴而美的事物？這就是我在戰爭中對死亡的初次體驗。

在金門戰地一年之中，我的確思考了一些問題，對生命本身也有相當深刻的體認。戰地缺乏休閒活動，我唯一的消遣是讀書，記得當時閱讀的作家包括尼采、沙特、貝克特、梵樂希、里爾克等，以及超現實主義者零星的詩作翻譯。我搜集資料，潛心研究超現實主義的理論，已是五年以後的事，故超現實主義的美學對《石室之死亡》的創作不能說毫無影響，但這種影響只是零碎而間接的。換言之，沒有任何一位西方超現實主義者對我此時的創作觀念有過具體的影響。

其實，此時使我最動心的作家是德國詩人里爾克，他詩集《時間之書》中的玄思和宗教情懷，很能與我當時的心靈契合。在那孤懸海外的島上，日日面臨死亡的威脅，恐懼、沮喪、孤獨、無奈，諸感叢生，漸漸被壓抑成一種內在的吶喊，卻又有一雙看不見的手捏著喉嚨，不讓發出聲來。島上冬天氣溫低，每逢晴天而又沒有記者來訪，我便裹著大衣，口袋裝一本里爾克的詩集，爬上太武山的山腰，找一塊乾淨的巨石躺下來曬太陽，看書，享受我最輕鬆而寧靜的時刻。《時間之書》中的詩句都是里爾克與神的對話，我一面讀詩，一面感覺到好像我自己也在與身旁的石頭、樹木、野草、天空的浮雲、腳下的蟲蟻、遠處的大海對話。紀德在《地量》中說：「每一種創造物使我們與神遠離，只要我們的目光一固定在它身上。」這不也就是里爾克的泛神觀嗎？此時，一切都是那麼靜穆而安詳，各得其所，各具神性，只要你能專注而不執拗，萬事萬物中你都會感覺神的存在。

日後，這種宗教情懷在《石室之死亡》詩行間逐漸瀰漫開來，並形成一種近乎祈禱的呼聲，一種祈求救贖的呼聲，充滿了悲憫與聖潔。

暴躁亦如十字架上那些鐵釘
他頓腳，逼我招認我就是那玩蛇者
逼我把遺言刻在別人的脊梁上
主哦，難道你未曾聽見
園子裡一棵樹的淒厲呼喊

《石室之死亡》（第十首）

《石室之死亡》自序開頭便說：「攬鏡自照，我們所見到的不是現代人的影像，而是現代人殘酷的命運，寫詩即是對付這殘酷命運的一種報復手段。」正因為如此，一般讀者與批評家也就只往人的方面去想，他們看到詩中人的受難形象，聽到人的孤獨與悲傷的哀鳴，卻很少人體認到隱藏在各個意象中，卻作用於我內心中的神的存在，甚至也未感受到詩中那種嚴肅的宗教氣氛。在《石室之死亡》的寫作過程中，有時覺得我並不是在寫一首詩，而幾乎是在做一件極其嚴肅而真誠的，介於人與神之間的溝通工作。

我曾是一位虔誠的基督教徒，受過兩次洗，後來因為看到各種矯揉造作的宗教儀式，以及邪惡猶勝魔鬼的宗教暴行，遂心生厭惡而遠離了世俗的教會。我曾寫過一篇敘述我的宗教經驗的文章，題目為《神在我心中》，其中我表明了一個觀念，即我一直相信，人與神共為一體；沒有神，人是孤獨而殘忍的，與獸無異，沒有人，神性無法彰顯，神根本就不存在。但我必須要說明的是，《石室之死亡》絕不是一首宗教詩，只是它在表現人的存在經驗和探討人的悲劇命運的同時，也觸及到人性中的另一層面——神性。當然，從《石室之死亡》的整體來看，不管它涉及宗教或哲學到何種程度，最後它畢竟還是詩的，亦如里爾克的《時間之書》。

現在僅就詩的表現部分來談談。歷來對《石室之死亡》的批評，不外這幾個觀點：優點是氣勢龐沛，詩質稠密，意象迫人；缺點是晦澀難懂，而造成難懂的原因，一是意象複雜，過於擁擠，一是詩思發展方向不定，語意難以掌握。根據傳統的美學觀念和詩的原理而言，這些批評（僅指缺點）當然是對的，問題是《石室之死亡》乃一前所未有的特殊作品，特殊到即使令文學批評家與文學史家心生嫌惡，因而將它摒棄於文學史之外，我也不會感到驚訝。但在《石室之死亡》初版二十三年後，今天再以專題論集的方式問世，我願借此機會，對若干問題略加解說。

《石室之死亡》並非完全不可理解；難懂是事實，但某些難懂之處是可以說明的。首先，譬如人稱問題，在《石》集中，這點最容易使讀者失去對語意的掌握。在散文中，你我他三者都有明確的界定，稍有混淆，勢必影響行文的流暢，致使含義不明。但詩的含義本質上是象徵的，或暗示的，以此喻彼，是正常的手法。詩中的「你」，不一定就是通用於散文中的第二人稱，「他」，不一定就是第三人稱。像《石室之死亡》這樣的詩，它是知性的，也是內省的，故其中的「你」或「他」，有時可能就是指我自己。這點，當我們面對鏡子的時候就能理解。鏡外的我是自然或現實中的主體，但相對鏡外的我而言，鏡內的我往往會轉移為「你」，而成為被審視與詰詢的對象，或轉移為「他」，而成為被漠視，與我毫不相干的對象。我在某些詩中處理人稱時，經常運用到這種轉移手法，其效果雖增加了詩的複雜性，卻也加強了詩多層次的含義。在《石室之死亡》中，情形略有不同，正如前面所說的，其中的「你」大多乃指寓於各種事物中的神。至於如何才能分清這些複雜的人稱關係，則須以上下文或前後意象的關係而定。

《石室之死亡》的難懂，關鍵之二乃在語法與結構不僅符合傳統文學的常規。《石》詩是一座原始的莽林（秀陶語），其中參差並置著險峻的懸崖峭壁，以及嶙峋突兀的怪石巉岩，正因為它是原始的，未經人工刻意修飾的，有些地方必然是反理性的，反歷史觀的，不合邏輯與文法的。但一首出於自覺，有表現企圖，且被批評家（如林亨泰）視為具有強烈批判意識的詩，為何在表現手法上卻又顯得如此矛盾？其實，在寫作這首詩的過程中，我完全沒有考慮到這個問題，而今天回過頭來重新對這問題加以省思時，我才發現這個矛盾並不存在。我認為《石》中諸多不合常理之處，主要是由於它泯滅了時空的界限，以呈現出事物本身的原貌，而唯有摒除後設的各種障礙而現出的原貌，才能解釋生命與死亡、宇宙與個人的各種複雜問題。康德認為，時空乃出於人的主觀意識，用以形成人的思想結構的框架，和透視一切事物的點線。時空的構成乃由於人的官能中具有一項特殊的裝置，像一幅脫不下的凹凸透鏡，利用折射作用，映出人所經驗的一切宇宙現象和秩序。然而宇宙中任何事物都有其本貌，與由人的主觀意識形成的世界不盡相同，只要一旦將這幅主觀的時空透視鏡取下，一切不同的時空便可在同一平面上並存。

康德的話很可以解釋歷代詩人與藝術家創作之所以不朽的道理，而此一把時空壓縮一體，使萬事萬物不分先後同時並存的觀念，早已在中國老莊和禪宗的思想中出現，只是現代文學和藝術在這方面作了更多的實驗，諸如喬埃斯的《尤利西斯》、福克納的《喧囂與憤怒》、艾略特的《荒原》等。《石》詩在運用「時空壓縮」的手法上雖不新鮮，但對於要求作品合乎常規的讀者而言，這首詩自然就成為一種反傳統的異端了。

如果說，五十年代的台灣現代詩大多受到西方現代主義的影響，誠然是事實，但認為這影響一定是惡性的，則又未必其然。《石室之死亡》即曾借用西方多種技巧，以表現當時的歷史現實和內心經驗，雖說超現實主義的表現手法對這首詩多少造成一些閱讀上的障礙，但也大大有助於我後期作品的提升。張錯在《千曲之島》（《台灣現代詩選》）中評介我的時候說：「時至今日，我們應可感受到，洛夫所強調的超現實表現，是他的優點，也是他的缺點。」我覺得這句話概念不清，判斷也不準確。第一，超現實的表現只是一種手法，亦如浪漫、象徵、立體、未來、達達等諸多現代文藝思想的表現手法，它本身僅是一種中介技巧，無所謂優點或缺點。第二，時至今日，我的發展正好與他說的相反，在數十年的創作過程中，我曾將超現實手法作過批判性的調整，並與中國古典詩中暗合超現實手法的技巧相互印證，加以融會，而逐漸形成了我自己一套獨特的表現手法，也逐漸才有《魔歌》，《時間之傷》和《釀酒的石頭》等詩集中成熟的表現。就算早年的《石室之死亡》有其失敗之處，而我後期詩中之所以能突破時空的局限，突破後設語言的藩籬，而「創造出虛實相生的詩境，直探生命和宇宙萬物的本貌」，除了師法古典之外，無不拜超現實表現手法之賜。其實，我極不願在此再提到「超現實」一詞，因我目前的表現手法早已超越了「超現實」手法。簡政珍說得對：「正反有無的交錯，肯定和否定的交雜，是典型洛夫作品世界裡的現象。」故凡懂得老莊的人，就不難瞭解我詩思和詩藝的根源之所在。

藝術創作之成，有其天機因素，也有其人機因素。早年寫《石室之死亡》時，一直隱隱感到有一隻無形的手在操縱著我，意象之湧現，有如著魔，人機失去控制，自己未能成為語言的主人。在當時並不覺得如何，然而時隔二十多年，由於觀照人生角度的調整和創作觀念的蛻變，今天再回頭來檢視當年的舊作，發現在意象處理上確有許多自己不盡滿意之處，於是在一九八六年年初，我曾許下全面改寫的宏願，卻遲遲未曾下手，及至六月我才開始動筆。我的想法是：盡量保留原作的內涵和氣氛，而將過於密集的意象，重作疏落有效的安排，將累贅的長句改短，或將原有的一行截為兩行，以求節奏的舒緩。我最大的願望是調整結構，使詩思的發展方向趨於穩定，甚至不惜犧牲原有的張力，在兩個意象之間添加一些散文句法，以加強詩的傳達效果。花了三天時間，我終於如此這般完成了第一首的改寫。

就在此時，適葉維廉客座清華大學，講授現代詩。有一次他邀請瘂弦與我到他班上去現身說法，講述我們早年的創作經驗。我講的就是《石室之死亡》，同時也報告了我的改寫計畫。但不料班上同學都不以為然，他們一致認為，與其耗時費神改寫舊作，不如另寫一首新作，晦澀難懂本是這首詩的特色，何必為了遷就今天的讀者而破壞它的原貌。想想也有道理，後來我將改寫的第一首與原作對照，果然發現不如預期的好，雖然意象經過修剪，表達的意念較為明確，卻也因而失去了原詩的力量，且詩質大為降低，尤其將原來的十行形式打破後，結構大為鬆散，淡化了原有的莊嚴感，於是全面的改寫計畫便只好放棄。我改寫的動機，無非是希望這首詩能變得平易近人些，改寫計畫流產之後，我突然想通了一個道理：山聳立在那裡，它永遠不會向人走近，只有人向山走近。要想改變兩者的位置——移山就人，豈非庸人自擾！

《石室之死亡》為一首長詩，卻由六十四首短詩組成，當初我的構想是，它既可是一首主題貫穿全局的長詩，而每首短詩又可視為一個獨立的單元，故五年之間，當它分別於各詩刊雜誌上發表時，形式各不相同，有的十行一首，有的行數不定，但最後結集出版時，全部改為十行一首。十行一首本為我最初設計的形式，而日後分開發表時改為不定行數，只是權宜的處理，別無其他作用，不料這點竟引起好事之徒的挑剔。去年（一九八六），《文訊》月刊舉辦第二屆現代詩學研討會時，許悔之曾提出一篇論文，題為《石室內的賦格——初探〈石室之死亡〉、兼論洛夫的黑色時期》，報告後即交會討論。討論中，出乎意外的有人指出，《石室之死亡》在發表過程中不但一再改變題目，且又以〈太陽手札〉為題，另收入《無岸之河》詩集中，因而妄言作者如此處理，態度有欠真誠。此一指責，當場曾引起與會詩人一場激辯，我自己也有所說明。我認為這完全是存心誣栽，因事實很明顯，當我以不定行數發表時，雖另外冠有題目，但每首都標有〈石室之死亡續稿〉的副題。《無岸之河》是我的一個選集，其中共分五輯，〈太陽手札〉一輯收入的即於不同刊物發表而另冠題目的〈石室之死亡續稿〉，當時為了惟恐引起讀者的猜疑，特在〈太陽手札〉輯名之下標明「選自《石室之死亡》」，且在自序中有更詳細的交待。當年我處理此事本極審慎，我認為只要不是剽竊他人作品，作者自有權更改他作品的題目，甚或內容，而更改後既有說明，正是作者負責的表現，這與作者的態度是否真誠，毫不相干。

一九六九年，葉維廉曾將《石室之死亡》中的第一，二，五，十二，十三，十八，十九，二十二，三十五，三十六，四十，四十一，四十二，五十一，五十二，五十三等首（第五十一、五十二、五十三，三首發表時之原題為《最生之黑》）譯成英文，收入他的《中國現代詩選》（*Modern Chinese Poetry*），一九七〇年由美國愛荷華大學出版，其中多首為美國漢學家白芝教授（Cyril Birch）選入他編的《中國文學選集・卷二》（*Anthology of Chinese Literarure Volume2, from the 14th Century to the present day*）。約三年前（一九八五年），有一天我突然接到美國年輕翻譯家陶忘機先生（John Bal-com）的來信，說他正埋首翻譯《石室之死亡》，並寄來一部分譯稿，希望我加以校正。我與陶忘機先生素昧平生，只知道他熱愛台灣現代詩，曾來台留學一年，現正在密蘇里華盛頓大學攻讀博士。陶氏的中文閱讀能力甚強，對詩的悟性尤高。對一位外國人來說，要把像《石室之死亡》如此高難度的作品譯成另一種語言，想必是一項絕大的挑戰，但歷時三年，數易其稿，陶氏終於在今年完成了《石》詩的全部英譯，據說日前正在尋求出版，可是由於種種原因，我對此並不樂觀。

二十三年前（一九六四），香港詩評家李英豪在他的《論〈石室之死亡〉》一文中說：「我可預言，《石》詩的真正價值當在十年，二十年，三十年，或數十年之後始被估認。」於今《石室之死亡》終得以新的面貌再度與讀者見面，這是否就是李英豪預言的實現，我自己不敢妄斷，但使我欣慰的是，至少這首詩在長期的塵封中幸未遭到時間的淘汰。

一九八七年九月九日

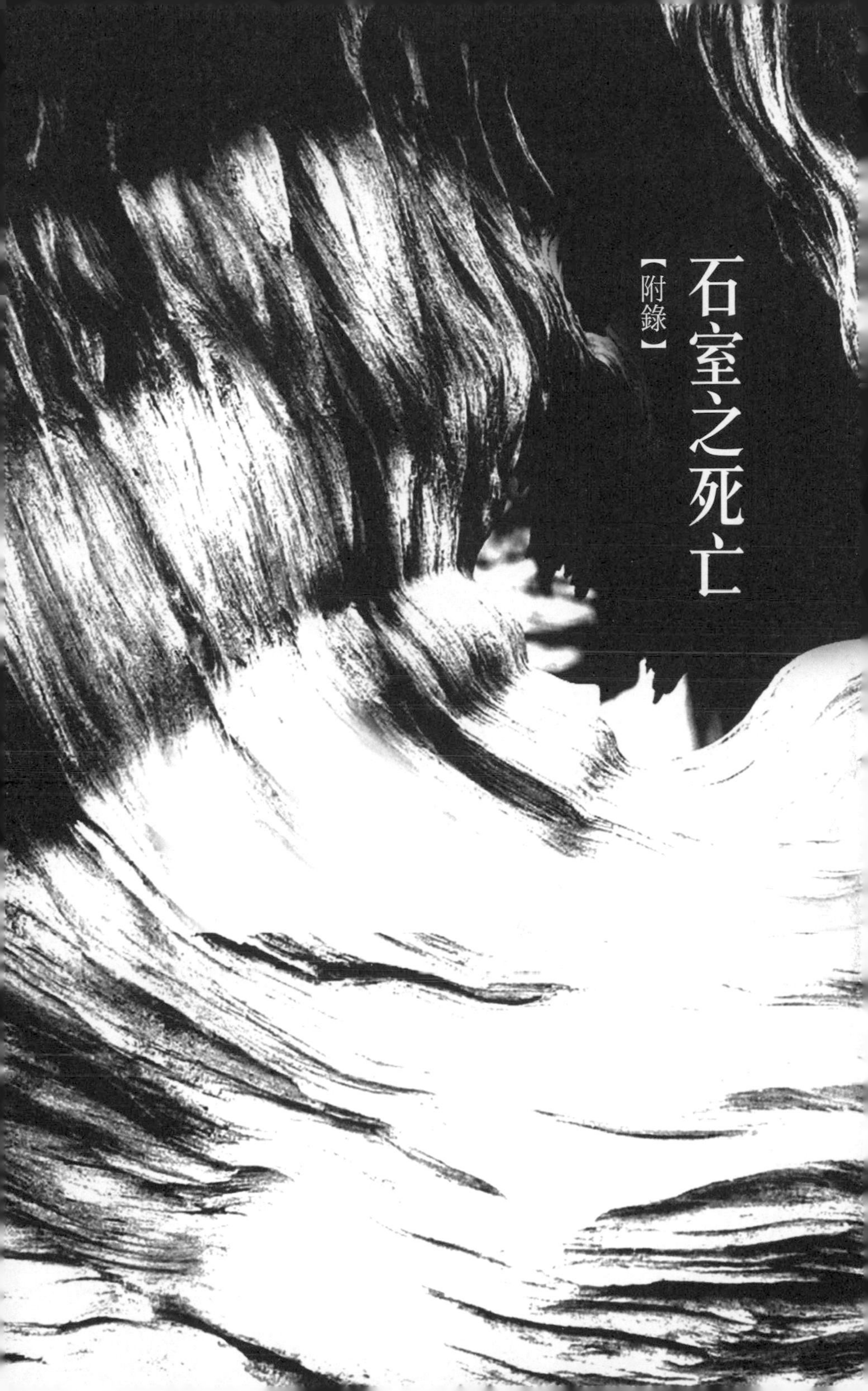

石室之死亡

【附錄】

【附錄】

論洛夫詩的生死觀

——以《石室之死亡》、《漂木》為主兼及其他

曾進豐

摘要

「死亡只是存在的消失，而非生命的結束。」宇宙中形式變化不居，而生命永存；死，是生命暫存於秩序之外，以作為下次輪迴的開始。對形而上展開深廣的沉思與探勘，隨處散發以天地為廬，共萬物而生死的物我交融詩境，為洛夫詩始終不變之特色，尤其集中表現在《石室之死亡》和《漂木》兩座輝煌的界碑。本文擬從多重維度考察洛夫詩的生死觀，首先，分析詩人如何透過一連串「死亡的演習」，確立存在感，彰顯生之執著；其次，論述詩人靈視死亡、詮解死亡，賦予死亡豐

美形象與意象；再次，詩中的生、死辯證，從對立衝突而同衾同構，以及「生死同構」思想其前後之細微差異，也是本文探究重點。

關鍵詞：洛夫、存在、死亡、生死同構

一、前言

洛夫（1928-）逾一甲子詩業，計有詩集十四本行世。[1] 綜覽其整體詩作，洋溢個人情感經驗，充滿對生命的觀照和感悟，絕大部分「都具有猛烈的視覺衝突力

1 洛夫出版詩集有：《靈河》（1957）、《石室之死亡》（1965）、《外外集》（1967）、《無岸之河》（1970）、《魔歌》（1974）、《時間之傷》（1981）、《釀酒的石頭》（1983）、《月光房子》（1990）、《天使的涅槃》（1990）、《隱題詩》（1993）、《雪落無聲》（1999）、《漂木》（2001）、《背向大海》（2007）、《唐詩解構》（2014）等。

與持久的靈魂震撼力，帶給讀者一種美學上稱之為『驚奇』的美感。」[2]論其詩業波段高峰，當以超現實主義的迂迴修正（包含涉世存在的思辨）、傳統的回歸及禪意的溢出最為醒目；唯其終始不變之特色，又在於隨處散發以天地為廬，共萬物而生死的物我交融詩境。

生命以時間延續的形式而存在，時間盡頭就是死亡，正因為死亡必然來到，人類對於時間才產生深刻的感受與哀嘆。時間、生死一直是文學不變的主題，洛夫對於時間奧義、生命永恆等相關議題，有深刻獨到的思索和辯證。〈春之札記〉一文說到：

叔本華認為：「死亡可以結束我們的生命，卻無法結束我們的存在。」我的體認剛好相反，死亡只是存在的消失，而非生命的結束。事實上，「存在」只是我們

2 龍彼德：〈沉潛與超越——洛夫新論〉，收錄於張默主編：《大河的雄辯：洛夫詩作評論集第二部》（台北：創世紀詩雜誌社，2008年），頁48。

感覺中的一種形式。某種事物的形式，到了某個時候就會消失，但並不就是這一事物本身的消滅，因為它的生命仍可以另一種形式呈現出來。宇宙中形式變化不居，而生命永存。

這就是永恆，也就是時間的意義。[3]

死亡不是生命的結束，是生命「暫存」於萬物秩序（世俗時空）之外的另一種形式。「死亡／是生命週期的終點／有時更像起點」（《漂木》第二章〈鮭，垂死的逼視・2〉，頁75），生之終站即生之初始，生死似二實一。洛夫贊同海德格（Martin Heidegger,1889-1976）「向死的存在」之主張，卻徹底摒除存在主義的悲觀傾向，轉而深具道家智慧與佛禪解脫的色彩。類此生／死意識，早早根植於筆力萬鈞的《石室之死亡》，往後整體的創作歷程，只是它的一再「詮釋、轉化和延

---

3 洛夫：《一朵午荷》（台北：九歌出版社有限公司，1982年），頁102。

伸」[4]，《漂木》則是集其大成。

存在的虛無感以及死的必然性，構成生命的全部歷程。洛夫一再強調：「凡嚴肅藝術品均預示死之偉大與虛無之充盈。」[5]故其詩作莫不以關注人的存在境況為旨歸。分析《石室之死亡》，至少涵蓋死亡、生存、戰爭、宗教、情慾等嚴肅主題，而聚焦於生死冥思。書甫出版，李英豪（1941-）即於一九六六年一月發表〈論洛夫「石室的死亡」〉一文，謂其特色之一是：「重『原始之存在』（prime being），這內向的原始存在，顫慄於黑色的誕生、死亡與溝通中。」又說：「黑色這調子構成作者顫悸於死亡、戰爭和愛慾『那一聲咿呀』。」[6]首先拈出「黑色」

---

4 洛夫在〈鏡中之象的背後——《洛夫詩歌全集》自序〉說道：「我的詩歌王朝早在創作《石室之死亡》之時，就已建成，日後的若干重要作品可說都是《石室之死亡》詩的詮釋、轉化和延伸。」，《洛夫詩歌全集》（台北：普音文化事業有限公司，2009年），頁16。

5 洛夫：〈詩人之鏡〉，《石室之死亡‧自序》（台北：創世紀詩社，1965年），頁19。

6 李英豪：〈論洛夫「石室的死亡」〉，《批評的視覺》（台北：文星書店，1966年），頁155、159。

一語，為《石室之死亡》定調，而頗為兩岸詩論家所接受承襲。[7]又獨標生死、關涉人神溝通的宗教情懷，恰與洛夫自述吻合。[8]張漢良（1945-）稱這是首「對人的存在形而上探討的詩」[9]；龍彼德（1941-）歸納道：「六十四首詩首首都與死亡有關，整部長詩寫的就是死亡，是對死亡的詩化與超越。」[10]沈奇（1951-）更直接肯定《石室之死亡》「是二十世紀中國詩歌中，對『放逐』與『死亡』主題的

---

7 如張春榮：〈洛夫詩中的色調：黑與白〉，《中華文藝》13卷4期（1977年6月），頁238-257。許悔之：〈石室內的賦格——初探《石室之死亡》兼論洛夫的「黑色時期」〉，《文訊》25期（1986年8月），頁151-169。大陸學者任洪淵〈天地創造——洛夫的詩與現代創世紀的悲劇〉一文，分析其創作歷程為「黑色混沌期→紅色生命期→白色空無期」。《聯合文學》6卷10期（1990年8月），頁164-180。此外，有關《石室之死亡》評論文章甚多，詳見侯吉諒主編：《洛夫「石室之死亡」及相關重要評論》（台北：漢光文化事業有限公司，1988年）。

8 洛夫自述其寫作過程，「幾乎是在做一件極其嚴肅而真誠的，介於人與神之間的溝通工作。」又說：「這種宗教情懷在《石室之死亡》詩行間逐漸瀰漫開來，並形成一種近乎祈禱的呼聲，一種祈求救贖的呼聲，充滿了悲憫與聖潔。」〈火鳥的詩讚——關於「石室之死亡」〉，《文星》118期（1988年4月），頁153-154。

9 張漢良：〈論洛夫近期風格的演變〉，《現代詩論衡》，（台北：幼獅文化事業公司，1977年），頁179。

10 龍彼德認為《石室之死亡》從多方面書寫死亡，包括寫死的威風、對死的背叛、對死的憂懼、死的漠然、死的溫婉、死的超脫等。〈一項空前的實驗：《石室之死亡》〉，《中國文化研究》1995年夏之卷（總第8期），頁96。

最為壯觀和經典的詩性詮釋。」[11]雖然，將此巨作主題簡化為「談存在及死亡」是輕率的[12]，卻又無法否認其為詩旨核心之事實。《漂木》更進一步掘深挖廣，展開「對生命全方位的探索」。[13]發表之初，馬森（1932-）曾將它和屈原作品相對照，扼要歸納謂：「屈原有〈離騷〉，洛夫有《漂木》，屈原致父祖，洛夫致母親，屈原問天，洛夫問諸神，屈原寫遠遊，洛夫寫遠遊的〈鮭〉，屈原招魂，洛夫向廢墟致敬……。」[14]簡政珍說：「《漂木》是人間和形上世界的對話，是意義的哲學思考」，更讚譽之為「在空境的蒼穹眺望永恆的向度」。[15]龍彼德認為《漂

---

11 沈奇：〈現代詩的美學史——重讀洛夫〉，《洛夫世紀詩選．序》（台北：爾雅出版社，2000年），頁11。

12 簡政珍語。他特重洛夫語言經營意象的能力，故而有此論斷。〈洛夫作品的意象世界〉，《中外文學》16卷1期（1987年6月），頁19。

13 洛夫自述。蔡素芬採訪：〈漂泊的，天涯美學——洛夫訪談〉，《創世紀》詩雜誌128期（2001年9月），頁40。

14 轉引自陳祖君：〈仍在路上行走的詩人——洛夫訪談錄〉，《文訊》235期（2005年5月），頁122-133。收錄於方明編：《大河的對話——詩魔洛夫訪談錄》（台北：蘭臺出版社，2010年），頁251。

15 簡政珍：〈在空境的蒼穹眺望永恆的向度——論洛夫的長詩《漂木》〉，見洛夫：《漂木》（台北：聯合文學出版社有限公司，2001年），頁6。

木》較之於《石室之死亡》，「無論結構的龐大、氣勢的恢弘，抑或是主題的嚴肅、形式的新穎，《漂木》都是有過之而無不及的。」[16]諸家論評皆卓有見地，且合乎事實。《石室之死亡》以憤怒的情緒逼視死亡真相，重在「對生與死提供了一些傳統反面的觀點」[17]；《漂木》宏觀地傳達個人對生命存在與飄蕩的思索，融入悲劇意識和宇宙境界，同時增添強烈而冷肅的批判。詩途兩座輝煌的界碑，皆可作「自我」隱喻，[18]雖然前後相隔近四十年，精神上有其接合相通處，但絕非簡單的

---

16 龍彼德：〈飆昇在新高度上的輝煌——喜讀洛夫的長詩《漂木》〉，《創世紀》詩雜誌128期（2001年9月），頁44。

17 洛夫：〈詩人之鏡〉，《石室之死亡．自序》，頁32。

18 李英豪〈論洛夫「石室的死亡」〉文中，認為《石室之死亡》之創造意圖在於「顯示『自我』生存潛在的悲劇與勁力。」又說：「《石》詩顯然就是一個詩人悲劇性的『自我』底一次又一次重複的塑造和展露，一種夾於死生愛欲之痛苦存在，個人情緒的溢沒和昇化。」見氏著：《批評的視覺》，頁148。

複製或迴響。[19]

本文考察洛夫生死觀，首先，分析詩人如何自「報復」出發，透過一連串「死亡的演習」，以確立存在感；其次，論述詩人廣角度深層面的凝視與挖掘死亡，賦予死亡豐美形象與意象；再次，關於生、死從對立衝突到同衾同構，以及「生死同構」思想前後轉折及其差異，也是關注之所在。

二、生之執著

具強烈生命意識，勇於探尋深層存在，洛夫以一種超凡的靜觀逼視生命的本質和人生奧義，對於生死等根本性問題，作出深刻獨到的審美觀照和反思。以下擬分從兩方面，討論洛夫如何建構「生」之意義、張揚「生」之價值。

---

19 洛夫自述二者同中有異，主要在於《漂木》「更透過一些特殊的語境對當代大中國的文化和現實做出冷肅的批判」，同時，在語言方面「盡量不使它陷於過度緊張艱澀的困境。」蔡素芬採訪：〈漂泊的，天涯美學——洛夫訪談〉，《創世紀》詩雜誌128期，頁39。

（一）存在／不存在

葉維廉（1937-）長文〈洛夫論〉，從洛夫處女詩集《靈河》以迄《魔歌》，歸納出其詩以表現「飛不起來的飛的慾望」的禁錮感，和被困於沉重世界、死滅空間的孤絕感為核心。繼而指出禁錮與孤絕的產生，來自於個人、社會和民族三層面，就個人方面而言，近乎存在主義式的自囚與憂焚，而相同主題在往後詩作有不少的迴響。[20]《石室之死亡》即環繞「孤絕」和「禁錮感」展開連番辯證，於其過程中，洛夫反覆搜索存在的理由，一再確認生命的神聖性。

一九五八年六月，洛夫發表長詩〈我的獸〉，作為告別浪漫《靈河》時期和

20 葉維廉：〈洛夫論〉（上），《中外文學》17卷8期（1989年1月），頁5-8。葉氏認為洛夫後期詩略有三種主題，其中，「第二種是在企圖用詩的創造來克服及取代肉體之被禁錮而達致騰躍的過程中，同時作出的美學的尋索——一種新的存在意識的發掘。」〈洛夫論〉（下），《中外文學》17卷9期（1989年2月），頁112。

「開始嘗試現代詩創作」的標誌，初次表達了「對人性以及存在意義的質疑」，[21] 下啟《石室之死亡》。開始於一九五九年金門戰地，歷時五年完成的《石室之死亡》共六十四首十行詩，固定每首兩節、每節五行，許悔之認為此一形式設計有其深意，是一種「挑戰與回應」（challenge and response）的模式。[22] 有關寫作時空背景，及創作者主觀心理變化，詩人自述甚詳；[23] 至於詩想內涵，顯然是困縛於

21 洛夫自述。〈火鳥的詩讚——關於「石室之死亡」〉，《文星》118期，頁152。

22 許悔之說：「洛夫將這組詩寫成既定的外在形式，一者是正視既定的現實，二則意味著對既定生存情境的反抗，基本上是一種『挑戰與回應』的模式。」〈石室內的賦格——初探《石室之死亡》兼論洛夫的「黑色時期」〉，《文訊》25期，頁153。按：「挑戰與回應」係英國史學家阿諾德・約瑟夫・湯恩比（Arnold Joseph Toynbee,1889-1975）在《歷史研究》一書所提出的文化發展與興衰模式。

23 「我的文學生命正處於狂熱的巔峰狀態……，吸取西洋文學和藝術觀念及創作技巧，如長鯨飲水，涓滴不遺，而當時的現實環境卻極其惡劣，精神之苦悶，難以言宣」；因為戰亂，扯斷與母體的聯繫，處於陌生環境，時時有一種漂泊、放逐的被拋被棄感，加上當時兩岸政治氣氛的詭譎不明，「詩人普遍呈現游疑不定、焦慮不安的精神狀態，於是探索內心苦悶之源，追求精神壓力的紓解，希望通過創作來建立存在的信心，便成為大多數詩人的創作動力，《石室之死亡》也就是在這一特殊的時空中孕育而成。」洛夫：〈關於「石室之死亡」——跋〉，見侯吉諒主編：《洛夫「石室之死亡」及相關重要評論》，頁192-193。

「雙重文化虛位」[24]的絕望中，悲感生命似繭而未死，[25]試圖透過書寫遂行抵抗和報復，[26]尋求釋放、突圍的可能。

《石室之死亡》以原初混沌意象表現人的存在經驗、探討人的悲劇命運，既詛咒死亡、拒斥死亡，同時竭力在生、死衝突夾縫裡，建構一個新秩序、理想的生存空間，展露堅執的生命意志。存在才是重要的，如此強烈的生意，貫穿整體創作歷程，例如以〈掌中之沙〉喻指生命，它們「怕停滯不動，怕死亡」，相信「滾動才

---

24 所謂「雙重文化虛位」，指一九五〇、六〇年代大陸來台臺的詩人，同時承受著中國五四以來的母體文化斷裂之傷，又無力把眼前渺無實質、支離破碎的空間凝合為有意義的整體。詳參葉維廉：〈雙重的錯位：臺灣五六十年代的詩思〉，《創世紀》詩雜誌140-141期（2004年10月），頁56-67。〈臺灣五十年代末到七十年代初兩種文化錯位的現代詩〉，《臺灣文學研究集刊》（2006年11月），頁129-164。

25 「一隻未死的繭，一個不被承認的圓／一段演了又演的悲劇過程」，洛夫：《石室之死亡·43》。

26 〈詩人之鏡〉開頭云：「攬鏡自照，我們所見到的不是現代人的影像，而是現代人殘酷的命運，寫詩即是對付這殘酷命運的一種報復手段。」洛夫：《石室之死亡·自序》，頁1。

是唯一的存在方式／一種抗拒絕望的方式」，突然間，一粒沙逸出掌心，它「終於以不存在／抵銷了無常／拒絕了永恆」（《禪魔共舞——洛夫禪詩・超現實詩精品選》，頁251-255）。滾動，表徵存在；不動，便坐以待斃，溜走的沙粒，以「不存在」擺脫現實無常，超越世俗性時間，重新定義生命究竟。〈解構〉引張愛玲（1920-1995）名句：「生命是一襲華美的袍，爬滿了蝨子」作詩前小序，解構生命、思索存在：

昨日
我偶然穿上這一襲華美的袍
我脫去昨日，留下了袍

今日
我被迫穿上這一襲華美的袍
我脫去今日，留下了袍

明日
我無意中又穿上這一襲華美的袍
我脫去明日，留下了袍

留下了袍子
便留下了蝨子
留下了蝨子
便留下了歷史和
癢（《雪落無聲》，頁100-101）

「偶然、被迫或無意」穿上華袍，長短不一的經生歷死，總是不可避免地涉足時間之流，反覆浮沉，又無從抉擇地留下歷史和癢。原本籍籍無名的戰士，由於英勇，被塑成「廣場上那尊銅像」，名字被人刻成一陣風。曾經「死過千百次／只有這一次／他才是仰著臉進入廣場」（〈湯姆之歌〉，《無岸之河》，頁27-28），最後一次的死，仰著臉活在廣場、嵌入人們的心中，湯姆代表犧牲的偉大，也代替成千纍萬的枯骨，控訴戰爭暴力、揭示冷酷的歷史。

湯姆死後始獲得「存在」，反思詩人何嘗不然！詩人何以存在？《漂木》第三章〈瓶中書札之二：致詩人〉引海德格語：「詩，是存在的神思」（頁128），主張詩人只存在於詩中。結尾寫道：

> 詩人沒有歷史
> 只有生存，以及
> 生存的荒謬（頁159-160）

前引詩〈解構〉，在脫卻時間之後，尚留「歷史和癢」，此處且進一步抹消「歷史」，似乎傳達了歷史虛無主義的消極態度。然而，我們隱約嗅到絲絲抵抗的氣息，一種省思與承擔，同時夾帶幾分調侃——暗諷當代詩人者流，莫不汲汲於歷史定位，卻絕少扣求「詩人的本真」、諦聽「詩存在的本貌」。[27]

面向大海
殘陽把我的背脊
髹漆成一座山的陰影
眼，耳，鼻，舌，髮膚，雙手雙腳
以及所謂的受想行識
全都沒了
消滅於一陣陣深藍色的濤聲
我之不存在
正因為我已存在過了
我單調得如一滴水

27 簡政珍：〈在空境的蒼穹眺望永恆的向度——論洛夫的長詩《漂木》〉，見洛夫：《漂木》，頁14-15。

卻又深知體內某處藏有一個海（〈背向大海——夜宿和南寺〉，頁129）

肉體、感官諸受想行識，全部消失在浪濤聲中，如一滴水沒入大海裡，彷彿已不存在，但誰也無法否認它來自大海、確曾存在海中。引詩後四行，葉櫓解為：「洛夫的生存悖論式的對自己自身生命的逼視。」[28]乃詩人生存姿態的表述，藉見詩人的高度自覺。周夢蝶嘗論詩之賦詠，有段文字云：「一朵浪花自海上飛起，是一朵浪花；飛回去，便是海了。」[29]洵可移作此詩註腳。

背向大海，側耳傾聽、暗地窺伺平靜，洛夫於濤聲、鐘聲、木魚聲中靜思默想，頓時，彷若穿透荒誕虛幻，通視海的宿命和自身的無奈——擺盪於出世入世的矛盾，以及人生處境之尷尬。無奈之極乃發現：

一粒鹽開始在波濤中尋找

28 葉櫓：〈詩禪互動的審美效應——論洛夫的禪詩〉，《詩探索》（2010年5月），頁73。

29 周夢蝶：《不負如來不負卿・第三十七回》（台北：九歌出版社有限公司，2005年），頁87。

成為鹹之前的苦澀
存在先於本質
苦澀永遠先於一滴淚
淚
先於眼睛（〈背向大海——夜宿和南寺〉，頁138）

詩化「存在先於本質」論，辯證「存在」的根本意義和生命義諦。末四行的意象思維，又與周夢蝶〈二月〉首節[30]如出一轍。

洛夫詩存在意識之呈露，可以〈秋之存在〉為代表。詩云：「秋，乃一美好之存在／果之存在／牛糞蟲之存在／月光與含羞草之存在／荒野裡／一聲長長悲啼之存在／樹葉之存在／不，我說錯了／乃樹葉之不存在／雲是橡皮擦／秋空下／我卑微如一粉末之存在」（《背向大海》，頁91-92），秋季是成熟果實、牛糞蟲、月

30「這故事是早已早已發生了的／在未有眼睛以前就已先有了淚／就已先有了感激／就已先有了展示淚與感激的二月。」〈二月〉，《還魂草》（台北：領導出版社，1987年四版），頁28。

光與含羞草，以及荒野悲啼、樹葉飄落等之存在與不存在。秋之存在即道之存在、我之存在，一如粉末之「無所不在」，觀念顯然淵源於《莊子》。[31]

（二）死亡的演習

覺知死亡懸臨又無所遁逃，無寧是生命的最大悲劇。在這漫長旅程中，人們唯一能做的就是尋求支撐的力量，而「書寫」正好發揮了重大的功能。我寫故我在，海德格說：「詩乃存有者之無蔽的道說」[32]，主張詩是最能彰顯存有的語言，最足以傳達事物的本質。洛夫附和其觀點，認為縱使語言顯得蒼白無力，仍然相信「在

31《莊子・知北遊》：「東郭子問於莊子曰：『所謂道，惡乎在？』莊子曰：『無所不在。』東郭子曰：『期而後可。』莊子曰：『在螻蟻。』曰：『何其下耶？』曰：『在稊稗。』曰：『何其愈下耶？』曰：『在瓦甓。』曰：『何其愈甚耶？』曰：『在屎溺。』東郭子不應。」

32 海德格著，孫中興譯：《林中路》（台北：時報文化出版企業有限公司，1994年），頁52。

現有的藝術形式中，唯有詩稍堪勝任。」[33]詩被賦予無可取代的使命，詩人的重要性亦從而可知。瘂弦說：「詩人的全部工作似乎就在於『蒐集不幸』的努力上」，詩人「喜歡諦聽那一切的崩潰之聲，那連同我自己也在內的崩潰之聲。」每每希望在一首詩中，「說出生存期間的一切，世界終極學，愛與死，追求與幻滅，生命的全部悸動、焦慮、空洞和悲哀！」[34]，欲鯨吞一切感覺，即詩人寄託於詩的企圖，亦是消解存在悲劇、尋求生命意義的有效作為。

藉由詩的創作，平衡或跨越生命悲哀，同時確立詩人的存在，洛夫跋涉詩途，不曾鬆懈。（水靈〈跟屈原說幾句話〉）將詩人崇高化、立體化，也是詩人的自我對話：

（前略）

---

33 洛夫語。蔡素芬採訪：〈漂泊的，天涯美學——洛夫訪談〉，《創世紀》詩雜誌128期，頁40。

34 瘂弦：〈詩人手札〉，《深淵》（台北：晨鐘出版社股份有限公司，1971年），頁233-234。

千載以下
我們把你長滿青苔的額角
讀成了巍峨
所以說，竊以為
埋在江水裡
比關在冰箱裡好
而把冷藏在冰箱中的我們
凍成一句句帶骨頭的詩
又比
被人端出冰箱
化為一淌水好（《背向大海》，頁99-101）

屈原行吟澤畔的形象，千載以下依舊令人仰望；即使沉埋江底亦有水靈相伴，絕對比被關在冰箱裡來得好，退而求其次，關在冰箱中的我們，寧願被凍僵，保持清醒尊嚴，絕不唯唯諾諾、隨波逐流，或者軟弱如一灘汙濁死水。靈均夾帶骨氣的詩風，詩聖繼之發揚，現代詩人洛夫則以長詩〈杜甫草堂〉，溯求寂寞源頭，樂與杜甫比肩而行，逕把寫詩稱為「死亡的演習」。全詩超過兩百行，茲摘錄某節於下：

我們和你一樣空茫，宿命的無有
我們拚命寫詩，一種
死亡的演習
寫秋風中的寒衣如鐵
寫雪地上一行白白的屐齒
寫戰場上的骸骨
爆裂如熟透的石榴
寫天地間
一隻沙鷗如何用翅膀抗拒時間的割切

我們以最新的意象征服時間（《雪落無聲》，頁173-174）

詩聖之啟示在於，檢視詩人存在價值的唯一標準唯有詩。瞻之、仰之，洛夫追求心中的神——一座「自由的心靈空間」[35]，既要關注現實的苦寒、戰爭和死亡，更要書寫形而上的，以詩征服時間，征服過去的我，「活在詩中／過美麗而荒涼的一生」（〈秀陶催稿〉，《背向大海》，頁19-20）。因為，「詩與生命等值，詩與生活同質，只要生命一日猶在，詩火便一日不熄。」[36]故謂之「死亡的演習」。

里爾克（Rainer Maria Rilke,1875-1926）《時間之書》與時間、與神的對話，諸多關於生死的融合轉化，高度影響了洛夫《石室之死亡》；後者頻頻扣問時間，散發濃郁玄想和不易察覺的宗教情感，的確是前者之迴響。時間是生命的全部，時間的絕對性正是從生命的不可抗拒的毀滅中顯示出來，人類對時間的感受與哀嘆本質上源於死亡，時間帶來破敗與滄桑，它本身就是死亡的又一個名稱。文學作品裡，

35 洛夫：《雪樓小品・自序》（台北：三民書局股份有限公司，2006年），頁3。

36 洛夫：《背向大海・自序》，頁2。

一切對時間的描繪，可以說都隱含了對生命的眷戀、對死亡的憂懼，渴望生命能與永恆時間同在。[37]

洛夫深知時間不容褻玩，卻經常聽聞暗泣之聲，感受到它的步步進逼：「涉水而行／我們的身子由泡沫拼成／猛抬頭／夕陽美如遠方之死」（〈時間之傷・9〉，《時間之傷》，頁65），落日，美得要死，可惜，一切輝煌已到盡頭。〈鷹的獨白〉（《時間之傷》，頁231）以及後來的隱題詩，[38]同樣抒發桑榆晚景、時不我予之慨。在充分理解「我們唯一的敵人是時間」（〈鮭，垂死的逼視・3〉，《漂木》，頁86）之餘，採取各種手段阻止時間通過，然而，「時間俯身向我／且躲進我的骨頭裡繼續滴答，滴答……」（〈瓶中的書札之三：致時間

37 錢志熙指出先民意識中，日和時間完全疊合，因此夸父追日，「正是在追趕著時間，希望能夠超越它，也就能夠超越死亡，永生不死。」見氏著：《唐前生命觀和文學生命主題》（北京：東方出版社，1997年），頁20。

38 〈夕陽美如遠方之死〉：「夕暮哀沉／陽光撤退是今天唯一的選擇／美好的夏日已逝／如今滿掌都是落葉的驚呼／遠處一扇門兀自開啟而又悄悄關上／方知，昨夜的酒杯／之所以猝然炸裂並非無因，是以／死者一聲不吭」。洛夫：《隱題詩》（台北：爾雅出版社有限公司，1993年），頁75-76。

．52〉，頁185）、「一條青蛇似的」穿過我身，使得發涼的背脊，「響起一陣碎裂之聲」（〈譬如朝露〉，《背向大海》，頁44）。我們在時間裡成熟、埋葬自己，洛夫說：「時間，生命，神，是三位一體，詩人的終極信念，即在扮演這三者交通的使者。」[39]透過「使者」身分、「交通」角色，即進行死亡的演習，藉以擴大、充實生命。否則，「生命，充其量／不過是一堆曾經鏗鏘有聲過的／破銅爛鐵」，嚴重鏽蝕：

但鏽裡面的堅持仍在
尊嚴仍在
猛敲之下仍能火花四射
而尊嚴的隔壁，是
悲涼

39〈瓶中書札之三：致時間〉小序。洛夫：《漂木》，頁162。

再過去一點，是
無奈
被剝了一層鱗甲
發現有一個魔藏在裡面
再剝一層
魔又鑽到更深處
我們一生最大的努力
只想找到
一個神
不一定就是天國的那一位（〈鮭，垂死的逼視·3〉，《漂木》，頁91-92）

悲涼的生命，底層藏著一個魔，一個越掘越深越往裡躲的魔，詩人終生努力於祛魔搜神的工作。為了心中的神，軀殼化灰成塵，亦無憂懼、怨悔，因為：「神的話語如風中的火焰，一閃/而滅，生命與之俱寂/我終於感覺到身為一粒寒灰的尊嚴」（〈致時間・39〉，《漂木》，頁179-180），塵煙中照鑑裸裎自我，生命寂滅後始察覺其神聖尊嚴。屈原因詩巍峨，杜甫以詩抵抗時間腐朽、攀登永恆，再次印證存在或消亡只是形式的轉換，生命將永存。

三、死之豐美

洛夫深受存在主義影響，對於死亡具獨特觀照方式。他說：「死為人類追求一切所獲得的最終也是必然的結果，其最高意義不是悲哀，而是完成，猶如果子之圓熟。」[40]又有詩句：「寂滅，屬於另一類之美」（〈瓶中書札之二：致詩人〉，《漂木》，頁134-135）。洛夫詩眼靈視下的死亡，意義在於完成，圓熟而美。

40 洛夫：〈詩人之鏡〉，《石室之死亡・自序》，頁18-19。

（一）被創造／我選擇

《石室之死亡》布滿血、灰燼、爆炸、碎片、屍體、墓石、棺材、骨灰、墳墓等字眼，瀰漫死亡氣味，而輻射為黑色支流、黑裙、黑雨衣、黑襪子、黑蝙蝠等意象。諸如：「我再度看到，長廊的陰暗從門縫閃進／去追殺那盆爐火」、「光在中央，蝙蝠將路燈吃了一層又一層」（5），「棺材以虎虎的步子踢翻了滿街燈火／這真是一種奇怪的威風」（11），追殺爐火、蝙蝠吃路燈、棺材踢翻燈火等等，皆以黑暗吞噬，影射死亡的寂滅[41]及其無處不在。以黑色象徵死亡，於往後詩作續有發展，如：「而天空／正以一大塊黑色／宣布死訊」（〈致詩人金斯堡〉，《魔歌》，頁60）。

在戰爭中面對巨大死亡，洛夫並不覺得害怕，反而隱隱意識到：「如果以詩的

41 張春榮說：「『黑』影射必然死亡的寂滅」，〈洛夫詩中的色調：黑與白〉，見侯吉諒主編：《洛夫「石室之死亡」及相關重要評論》，頁256。

形式來表現，死亡會不會變得更為親切，甚至成為一件莊嚴而美的事物？」[42]，果然，《石室之死亡》中部分死亡形象，親切純粹、莊嚴而美。例如第十一首後半，以荷花典故化解生死困惑：

確知有一個死者在我內心
但我不懂得你的神，亦如我不懂得
荷花的升起是一種慾望，或某種禪

死究竟是什麼？是魔是神？如何看待與接受？詩人以荷花作比，張漢良分析道：在佛教象徵裡，荷花是誕生也是死亡，代表過去、現在和未來，隱喻永恆不朽。[43]準此而言，死只是短暫過渡、交接與轉換的中介，而非一無所有。詩云「不

42 洛夫：〈關於「石室之死亡」——跋〉，見侯吉諒主編：《洛夫「石室之死亡」及相關重要評論》，頁194-195。

43 「荷花同時代表著創造與沉寂，它的五瓣分別表示誕生、洗禮、婚姻、休憩，與死亡。它又是兩性之間的橋樑，象徵

懂得」，實則詩人了然於心，觀諸其後的《隱題詩》[44]，以及易「或」為「是」、入迷破迷，終究消災祛難的〈大悲咒〉[45]為印記可證。

收錄於《魔歌》中的〈死亡的修辭學〉，具體形容、裝飾「死亡」一事：

著相對力量的統一和內在的衝突。由於子、花、蕾同現，因此，它代表存在的三個階段：過去、現在、未來。荷花出於污汙泥而不染，因而象徵精神的超越，暗示靈魂的不朽。從肉慾到涅槃，透過荷花的聯想，詩人領悟到死亡也許只是一個過渡。」張漢良：〈論洛夫近期風格的演變〉，《現代詩論衡》，頁183。稱荷花五瓣，分別表示從誕生到死亡五階段，不知何所據？又，「洗禮」屬基督教傳統儀式，何以歸作佛教象徵？文中並未交代。

44 〈我不懂荷花的升起是一種慾望或某種禪〉，洛夫：《隱題詩》，頁58-60。

45 〈大悲咒〉原名「千手千眼無礙大悲心陀羅尼」，係梵文音譯，洛夫認為原文本身無意義，乃出以意象語詮釋，闡明個人感應，仍題〈大悲咒〉。摘錄如下：「……我非我，無所有，非想非非想，月落無聲，雪落無聲，我在萬物寂滅中找到了我。……佛言呵棄愛念，滅絕慾火，而我，魚還是要吃的，桃花還是要戀的。我的佛是存有而非虛空，我的涅槃像一朵從萬斛污泥中升起的荷花，是慾，也是禪，有多少慾便有多少禪。覺觀亂心，如風動水，但涅槃不是我最後的一站，人生沒有終站，只有旅程……」。洛夫：《雪落無聲》（台北：爾雅出版社有限公司，1999年），頁132-136。

槍聲
吐出芥末的味道

我的頭殼炸裂在樹中
即結成石榴
在海中
即結成鹽
唯有血的方程式未變
在最紅的時刻
灑落

這是火的語言，酒，鮮花，精緻的骨灰甕，俱是死亡的修辭學

我被害
我被創造為一新的形式（《魔歌》，頁119-120）

詩中「我」之死，令人不寒而慄，第二節起卻刻意美化：石榴結實累累（紅）、海水經烈日（紅）曝曬、血（紅）的方程式，而統攝為「火」的語言；炸裂、曝曬（化約為「結」字）和灑落之形容，自有幾分剛猛、雄豪氣概，又搭配美酒、鮮花和價值不菲的骨灰甕，死亡變得壯美而且精緻。正如修辭學本質，在於從形式到內容的美化設計，詩行緊密扣合詩題，唯以「我被害／我被創造」收束，輕易推翻前面之賦筆鋪敘，意味著即使極盡修辭之能事，亦無法稍稍降低被殘殺的荒謬事實，諷刺戰爭之死（槍聲）的無意義性。

死亡，是生命自然歷程的一環，在生命成形的同時，死亡就已經啟程，而其過程一如生之成長般地漫長。死亡雖是在劫難逃，難道只能「被」害「被」創造，無法自主選擇？〈邏輯之外〉提供了一些合乎邏輯的回答：

你知道河流為什麼要緊緊抓住兩岸？
因為它們只有一種死法
（中略）
這是公墓，其中僅埋葬一個人的聲音

迴響在心中，鷹旋於崖上
倘若是芒刺，就讓它與血相愛
倘若是罌粟，就讓它在唇上微笑

詩人的存在哲學就是不想死（《無岸之河》，頁67-68）

倘若生命僅僅「簡單地活著/被設計的活著」（〈豬事二三——寫給豬年〉，《雪落無聲》，頁86-87），存活空洞虛無，而死法又只有一種（公墓僅埋葬「一個人」的聲音），詩人陷入沉思：愛，需以血驗證，死，要含笑瞑目，而歸結為「不想死」。進一層分析，理性的詩人絕非貪生惡死，而是抉擇理想之死，拒絕平庸卑賤地消失。

死的方式很多，怎樣的死算是理想？行經殯儀館周邊，死亡似乎挨得好近，讓人更易於思考各式各樣的死。〈雨中過辛亥隧道〉寫道：

（前略）
轟轟

烈烈
車行五十秒
埋葬五十秒
我們未死
而先埋
（中略）
車過辛亥隧道
轟轟
烈烈
埋葬五十秒
也算是一種死法
烈士們先埋
而未死
也算是一種活法（《釀酒的石頭》，頁88-92）

未死而先埋（車過隧道），先埋而未死（辛亥烈士），前者純粹是想像延伸，嘲弄生之荒誕不經，後者隱含不朽的嚮往，歌頌永恆。質言之，詩人首先想到的是儒家的得其所、得其義；怎麼死、如何活，端視「意義」的有無。

《漂木》第二章〈鮭，垂死的逼視〉，探討愛、死和生存的虛妄。鮭魚前仆後繼，沒有質疑，不張望結果，即使在前方等候牠們的絕對是死亡；儼然視死如歸的英雄，只接受戰鬥而死。第二小節起，觸及上帝不仁的命題：

我們成群地追趕
一種全身荒寒的
稱之為死亡的東西

而身後
好像有許多黑影跟蹤
卻沒有一個叫上帝

（中略）
我們陷入網罟之後祂居然不動聲色（〈鮭，垂死的逼視・2〉，頁77）

前三行，追趕「荒寒的東西」，即所以衍釋「向死的存在」。由於宗教信仰，讓我們相信上帝一直都在，只要誠心祈禱，必能受到庇護和拯救，然而，弔詭而令人不解的是，上帝始終不動聲色。任由我們不斷呼告：「神啊，慈愛的天父／一聽到刀子尖銳的嘯聲／我們的骨骼和夢開始解構」（同上，頁81），澤被萬物、仁慈悲憫的上帝何處去了？隨著網罟收攏、屠刀起落，連同魚夢被解構的，包括上帝的救贖神蹟。[46] 洛夫為鮭魚至死不悔的奮戰精神而驚呼，更被牠們平靜面對死亡的情態所感動，深受啟發，強調我們不必擁抱上帝，而可以自主選擇、創造「死」的意義。

46 洛夫曾經兩次受洗，但他沒能成為虔誠的教徒。他始終懷疑宗教的價值與力量，雖然從未宣揚「無神論」。他說：「上帝何在？天理何存？老子早已道破：『天地不仁，以萬物為芻狗』，而不仁的上帝也早已為尼采宣告祂的死亡。」上帝不仁、上帝已死，又怎麼能夠「寄望它拯救我們於不可知的死後？」洛夫：〈神在心中——我的宗教觀與經驗〉，洛夫：《洛夫隨筆》（台北：九歌出版社有限公司，1985年）頁94。

（二）「不安」的秩序之外

洛夫多方解構死後世界，瀰漫一股不安的氣味，它存在於世俗時空、萬物秩序以外。〈不被承認的秩序〉寫道：

（前三節，略）

我在泥中
我吃自己的嘔吐物
我是水的女兒

沒有肌膚，沒有指紋，沒有憤怒的舌頭與牙齒，沒有沉思的毛髮與骨骼
沒有語言
身子極冷而影子又極熱

溫暖如信件
暴躁如焚燒的淚
不安啊！如從江水中提出的一桶月亮
我是灌木林，是荊棘
是雲，是風箏
是一堵奔走的牆
是房屋，是書籍，是碎玻璃，是褻衣，是曾經好看過的花
是一冷了很久的砲
是水也是火

是萬物
萬物中不被承認的秩序（《魔歌》，頁114-116）

肌膚、指紋、舌頭、牙齒、毛髮、骨骼和語言都「沒有」了，曾經的美好，全

部化作「冷了很久的砲」，一撮冷灰，意謂死去很久了。非現實的、負面的世界，冷熱無常、溫暖又暴躁，它是「不被承認的秩序」，同時隱喻一個純屬詩人想像的、創造的時空。

〈白色墓園〉分兩節，每節二十行。前半以描寫墓園實際景物為主，後半重在表達對戰爭和死亡的知性探索；前半鋪排「怔怔」望著的臉、無言而「騷動」的墓草，營造出「不安」的岑寂，後半感染陣亡將士的沉沉呼吸，以及雪層釋出的凜冽寒氣，設想死後的狀態與氛圍，呈現怵目驚心的「白」。詩人於〈後記〉說道：「兩節上下『白的』二字的安排，不僅具有繪畫性，同時也是語法，與詩本身為一體。」（頁148）「白的」既是墓碑、十字架的色彩，也是詩意不可分割的一部分，兼有形式和內容雙重指涉，象徵死後「空白、虛空」。茲摘錄第二節末十六句，見其梗概：

一種非後設的親密關係　　白的
存在於輕機槍與達達主義之間　　白的

月光與母親之間　　白的
水壺和乾涸的魂魄　　白的
鋼盔和鳶尾花　　白的
聖經和三個月未洗的腳　　白的
嚴肅的以及卑微的　　白的
在此都已曖昧如風　　白的
如風中揚起的　　白的
一襲灰衣。有人清醒地　　白的
從南方數起，一小撮一小撮　　白的
有磷質而無名字的灰燼　　白的
散布於諸多戰史中的　　白的
小小句點　　白的
死與達達　　白的
都是不容爭辯的　　白的（《月光房子》，頁146-148）

死亡，讓原本對立的大小、聖凡、尊卑……，曖昧如風。詩中「達達」一語，雙關機槍聲和達達主義，前者直接製造死亡，後者乃虛無主義在文學上的具體呈顯，合而言之，戰爭之死和截斷眾流般之否定、破壞（達達主義），同樣地不容爭辯。

對洛夫而言，母親的過世是文化失根斷裂、生命原初被迫扯離的痛，是身分認同的無所依歸：「母親，我追你到曠野／四顧茫然／我在等你為我解釋時間的意義／等到／月亮第一千次升起／我黯然不解」（〈血的再版〉，《釀酒的石頭》，頁133）；「清明時節雨落無心／煙從碑後升起而名字都似曾相識／一隻白鳥澹澹略過空山／母親的臉在霧中一閃而逝」（〈清明四句〉，《因為風的緣故》，頁264），清明掃墳，撫觸祖先們的墓碑，眾多名字升起如縷縷輕煙（大多模糊了），煙霧中，清晰浮現母親臉孔，又如白鳥輕略空山，倏忽閃逝。再者，《漂木》第三章〈浮瓶中的書札〉「之一：致母親」，遙遠的思念落在蒼茫雪地：

於是你抵達另一個驛站

那裡有著令你不安的
陌生的靜謐
你分不清楚
這一次是進入，抑或退出？
是了結，抑或繼續？
你說
那裡極冷而天使已斂翅睡去
渡船由彼岸開來
你說回家了，煙，水，與月光
與你母親的母親的母親的母親
每一副臉都已結冰
下雪了嗎？
我負手站在窗口
看著雪景裡的你漸漸融化

一隻鶴
向漠漠的遠方飛去

天使斂翅睡去，白鶴蹁躚飛向漠漠，化用「乘鶴駕雲」典故，悼念亡母。回家了，陌生的靜謐令人不安，究竟是終點或是另一個開始？在進退出入間游移徬徨。詩人倚窗佇望，直至雪融鶴飛。

四、生死同構

莊子云：「生也死之徒，死也生之始」[47]，生趨向死亡，死是生的開始，生死如晝夜交替循環，洛夫深受其影響[48]，將個體生命納入整體大自然之中，主張生死

47《莊子・知北游》。

48 洛夫說：「對我影響最大的還是莊子。他對生命本質的認識深度，他的齊生死、生死同構的觀念，他的瀟灑文體都深深影響著我。」朱立立：〈關於中國現代詩的對話與潛對話——秋日訪洛夫〉，《華僑大學學報》1999年第4期（1999年10月），頁79。

同衾同構。又透過輪迴觀和遺忘法門，泯除死生界線、齊一生死。

（一）輪迴／遺忘

首先，〈冰的輪迴〉闡釋生死循環規律：

他生前冷若一座冰雕
火葬後通過煙囪
乃提升為一朵孤傲的雲
剩下一罈子骨灰
一小撮燐
撒向風中
便舞成滿天閃爍的星

降下則為雨
冷卻後又還原為一塊冰（《釀酒的石頭》，頁74）

還原冰的身世，經火焚化成雲成灰，風中飄揚飛舞，入天為星、下地為雨，復又冷卻為冰。生前死後都是冰，僅有流轉過程中形式的變換，並沒有真正滅絕。再如〈形而上的遊戲〉：「滾動著／或然率叮噹作響／動，是無限生機／是存在的諸多樣式／是一次又一次的輪迴／一次又一次／連滾帶爬的／悲愴的旅程」（《月光房子》，頁78-79），以擲骰子的驚怖與驚呼譬擬生死，無從預測或預知，何況隨便一擲，就「滾回了太初」。呼應「人生沒有終站，只有旅程」（〈大悲咒〉，見前註45），一次又一次輪迴，永不止息。

《漂木》裡的鮭魚，在完成精彩生命的一刻，從容溶入水中，靜靜等待輪迴：

我們一切準備就緒
當有人剛從太空旅遊回來
我們正安安靜靜等待下一次輪迴。（〈鮭，垂死的逼視・2〉，頁79）

死亡被喻為一艘剛啟碇的船，航向無數次的航程：「滿載著／下一輪迴所需的行囊／以及一身錚錚鐵鳴的骨架／以及，為再下一次準備的／骨髓裡的／帶刺的孤獨」（同上，頁99），輪迴不斷，「帶刺的孤獨」暗示心中「還有一朵幽幽的不滅之光」，將「參與一個新秩序的建構」（〈同上，頁102-103）。真實的生命，「死後才開始計時／除了虛無／肉體各個部位都可參與輪迴」（《漂木》第四章〈向廢墟致敬．27〉，頁224），虛實之間，生死交替輪換，死亡，不是結束，是建構新秩序的參與。

死生輪迴觀，還出現在〈魚之大夢〉的從「躍」而「飛」：

從龍門
一躍而掉在餐桌上，貶為
一盤豆瓣魚
這是我另一次輪迴的開始
水並不知道
（中略）

身為化石
我仍在堅持一個不朽的夢——
有一天把自己砸碎，而後
再以淚水黏成一條龍，而後
沖天飛去（《雪落無聲》，頁40-42）

鯉魚躍龍門，竟成桌上豆瓣魚。魚／余輕鬆面對死亡，相信它是另一段旅程的開端；億萬年後成了化石，依舊能以淚水消融，重新幻化為飛龍在天。輪迴，是大夢的線索，而之所以稱「大」，在於龍能興雲雨、利萬物。

收錄在《無岸之河》的〈頓悟〉一詩，設想唯有死過才知生之意義，從墓地歸來的，才可能「記起」或「遺忘」許多事。[49] 死亡的那一刻，與生前一切關係嘎

---

49 〈頓悟〉原題〈從墓地回來〉。詩分五節，茲摘錄第三、五節於下：「假如從墓地來，你會記起許多事／許多碑／許多名字／許多在泥中握著的手／許多臉／許多臉上的含羞草／灰塵揚起而遮住視線／為了使我們無法辨認／懸蕩在危崖上的靈魂誰是誰」、「或許你因此而遺忘了許多事／許多風箏在許多天空／許多輪轍在許多地上／假如，你從墓地回來」。洛夫：《無岸之河》（台北：大林書店，1970年），頁143-146。

然而止，就像瞬間遺忘所有，既然肉體之死不可逆，則瞬間遺忘恐怕也就非意志所能掌握。洛夫說：「死亡／或可稱為／另一種形式的遺忘」（〈鮭，垂死的逼視・4〉，頁97），所謂「另一種形式的遺忘」，莫非指向莊子「坐忘」[50]思想？

《漂木》第三章〈向廢墟致敬・30〉嘗試以詩疏解「坐忘」詞義：「我是木訥的／截我的肢體從不呼痛／黜我的聰明絕不叫屈／離形去智／還我一口箱子的絕對虛空／然後努力忘了自己」（頁225-226），「我」與天地萬物一體，自然忘了「自己」。緊接著第31至33節（頁226-227），衍繹「坐忘」功夫。茲節錄部分詩句如下：

> 忘了物我是非榮辱安危禍福生死
> 忘了酒壺冰冷的唇

50《莊子・大宗師》：「仲尼蹴然曰：『何謂坐忘？』顏回曰：『墮肢體，黜聰明，離形去智，同於大通，是謂坐忘。』」

忘了存在的蛆（31節後半）

忘了羽翼
我才能回家，抱著地球直飛銀河
忘了流星，忘了……（32節前半）

忘了時間
忘了抵達涅槃的複雜過程
忘了離去時掩上房門（33節前半）

連續以「忘了」領起詩行，暗合「坐忘」旨歸。擺脫形體拘執、免除智巧束縛，忘了現實的存在，忘了具象物質和抽象時間、涅槃等，徹底忘我、無己，與道冥合，生命回歸絕對的虛空，亦即虛靈明覺的觀照，無限充盈的精神境界。

另外，「遺忘」之本色，當汲自佛家智慧。〈殺魚〉一詩，宛如高僧說法，寓含解脫途徑。詩「法」妙在刀、筆雙管運行，揮毫、殺魚互文而生趣味：

他舉起刀而我舉起筆
我揮毫
他殺魚
（中略）
他說
殺魚不是悲劇
可我也沒說
寫字與菩提有啥關係
（中略）
我寫五蘊皆空
他殺受想行識
值得想一想

而遺忘仍是上策
他的魚殺好了
我的字也寫好了
那便各自回房吧（《背向大海》，頁108-110）

殺受想行識，無非求得五蘊皆空，五蘊皆空為了達到涅槃境界，然而，種種之行動，遠不如「遺忘」來得直接有效。揮刀、揮毫和菩提究竟有何干係？多想無益，倒不如「放下」（包含刀、筆和「想一想」），各自回房去——唯有忘死始能超脫死生。

（二）死而後生的可能

縱使《石室之死亡》瀰漫原始死慾，相對地，昂揚生意也穿行其間，而經常以火、太陽、種子、子宮、向日葵等意象展現：

火柴以爆燃之姿擁抱住整個世界

焚城之前，一個暴徒在歡呼中誕生

雪季已至，向日葵扭轉脖子尋太陽的回聲（《石室之死亡．5》）

焚城／誕生、雪季／太陽等對立意象，並置在整首詩或詩句中，形成生死同構、相互轉化的現象。類似之作不勝枚舉，諸如：「如果我有仙人掌的固執，而且死去／旅人遂將我的衣角割下，去掩蓋另一粒種子」（7）、「在太陽底下我遍植死亡」（10）、「他們竟這樣的選擇墓塚，羞怯的靈魂／又重新蒙著臉回到那湫隘的子宮」（13）、「死亡乃一醒後的面容，猶之晨色」（50）和「唯灰燼才是開始」（57）等，皆寓意死中孕生，死生相互依存。最後兩詩句且運用矛盾語言（Language of paradox），詩化死亡，透析生命奧義，一如：「焚化之後，昨日的屍衣從墓地蝶舞而出」（21），轉化死亡的無情與悲哀，成為新生的輝煌，望見嬰兒笑臉：

我們賠了昨天卻賺夠了靈魂

任多餘的肌骨去作化灰的努力
未必你就是那最素的一瓣，晨光中
我們抬著你一如抬著空無的蒼天
美麗的死者，與你偕行正是應那一聲熟識的呼喚
驀然回首
遠處站著一個望墳而笑的嬰兒（《石室之死亡・36》）

張漢良稱此詩蘊含的思想，「與超現實主義的觀點神合溝通，認為在超現實的某一點，生與死，真實與想像，可溝通者與不可溝通者，皆為同一。……所謂『生兮死所伏，死兮生所伏』（Death-in-life and life-in-death）的原始類型。」[51]，亦即傳統凡生凡死、凡死凡生，生死同衾、相依相存的原型觀。從現實的刻畫到超現實的描寫，生死奧義存在於「有無」轉換[52]的驀然之間，雖然不易察覺，但仍可從

51 張漢良：〈論洛夫近期風格的演變〉，見氏著：《現代詩論衡》，頁179。

52 簡政珍評此詩說：「死帶走生是由『有』到『無』，但此時卻『無』中生『有』。」〈洛夫作品的意象世界〉，《中外文學》16卷1期，頁10。

舞動、呼喚、笑聲等，掌握其蛛絲馬跡。

《石室之死亡》既書寫人類之死，也慨嘆時間消逝、季節輪替，乃至於舊的滅絕、拋棄，其中且蓄積突圍、破繭的因子，隱含蛻變重生的希望。[53]

山色突然逼近，重重撞擊久閉的眼瞳
我便聞到時間的腐味從唇際飄出
而雪的聲音如此暴躁，猶之鱷魚的膚色
我把頭顱擠在一堆長長的姓氏中
墓石如此謙遜，以冷冷的手握我
且在它的室內開鑿另一扇窗，我乃讀到
橄欖枝上的愉悅，滿園的潔白

53 陳祖君認為《石室之死亡》中「生即是死，死即是生」的思想，「明顯地繼承了郭沫若〈女神〉、聞一多〈死水〉及魯迅《野草》等新詩傳統的『新生』主題。」〈從「石室之死亡」到「天涯美學」——洛夫論〉，收錄於張默主編：《大河的雄辯：洛夫詩作評論集第二部》，頁21。

死亡的聲音如此溫婉，猶之孔雀的前額（《石室之死亡・12》）

山色撞擊、時間腐味、暴躁雪聲及鱷魚膚色，連結視覺、嗅覺和聽覺，從色彩、味道和聲音通感死亡的焦慮、不安，後半再加入觸覺，撫摸冷冷墓石，聯覺死的純淨親切和誘惑召喚。葉維廉論洛夫詩中的死時，洞見了「這個死的誘惑不是頹廢、虛無，或病態，而是在文化虛位進入絕境的痛楚中的一種背面的慾求，亦即是帶著死而後生的準備而進入生之煉獄。」[54]文化虛位的孤絕鬱悶，凝結成不幸命運的實質內涵，唯詩人不曾屈服退縮，反而在重重生之煉獄的考驗後，聽聞圓潤、開闊和飽滿之聲。打破死寂、衝破困頓，「我們將苦待，只為聽真切／果殼迸裂時喊出的一聲痛」（《石室之死亡・39》），這種對生命的形而上思索，完全立基於「死而後生」的可能。六行短詩〈煉〉，運用類似的隱喻意象：

葛藤纏身

54 葉維廉：〈洛夫論〉（上），《中外文學》17卷8期，頁24。

且時有折木摧花之痛
而樹
一點抗拒的意思也沒有
因它的果子
早已在一場大火中成熟（《月光房子》，頁168）

樹身忍受葛藤纏身、折木摧花之痛，只為苦待果子成熟。那場大火等同生之煉獄（承受的苦難），亦即死而後生的準備；果子成熟迸裂，其義指向人類的普遍性追求——蛻變——生命「完成」的必經渠道。

洛夫的蛻變，清醒而自覺。一九九九年被選為台灣文學經典之一的詩集《魔歌》，正是詩魔的蛻變關鍵，整體表現為從與現實「對決」轉向與現實「對話」，詩風則「由『陌生化』轉為『親切化』」（《魔歌》自序）。如〈裸奔〉（頁1-7）一詩，描寫一個胸中藏著蛹的男子，希望早日蛻變成彩蝶，經過種種的努力，彩蝶果真藉由「嘔吐」撲翅而出；壓軸詩〈巨石之變〉（頁189-196）更足以說明蛻變之必須。為節省篇幅，僅摘錄數行：

我是火成岩，我焚自己取樂（之四）

閃電，乃偉大死亡的暗喻
爆炸中我開始甦醒，開始驚覺
竟無一事物使我滿足
我必須重新溶入一切事物中（之六）

體內的火胎久已成形
我在血中苦待一種慘痛的蛻變（之七）

巨石是「我」，是詩人的化身。焚燒、爆炸、火煉，一一在「我」體內進行，「我」且樂在其中、縱身其中，直到火胎成形，儀式完成而重獲新生。葉維廉激賞

《魔歌》首尾二作（〈裸奔〉、〈巨石之變〉），專作文學美學的解讀，而推為「論詩詩」巨篇。[55]

此外，前文論及灰燼孕育重生契機，〈焚詩記〉可為典例：

把一大疊詩稿拿去燒掉
然後在灰燼中
畫一株白楊

推窗
山那邊傳來一陣伐木的聲音（《魔歌》，頁159）

焚化詩稿，於灰中畫白楊隱喻再生，於是，才有伐木丁丁的超現實描寫。詩寫在各式的稿紙上，紙被燒成灰燼，詩亦與之俱化；木材製漿造紙，伐木可謂稿紙前

55 葉維廉：〈洛夫論〉（下），《中外文學》17卷9期，頁127-129。

世，詩人則創造了它的今生。統而言之，焚稿與伐木二事，看似遙遠的兩端，互不相屬，然而，究其本質則不二，且循環如圜，焚詩／焚屍，死而再生。

洛夫以平靜的心情看待死亡，想像死亡是一次的遠行：「亡故／是一種純粹的遠行／是生命繁殖的另一過程」（〈血的再版——悼亡母詩〉，《釀酒的石頭》，頁157-158），人類肉體的消亡，可以藉由生殖以繁衍，因此，亡故成為生命延續的必經階段，更像是生命的回歸之旅。「骷髏中又開出了一朵妖豔的鮮花」（《漂木》第三章〈浮瓶中的書札〉「之三：致時間」，頁181），骷髏、鮮花極端對比，死與生在「開出」中悄悄交接，二者界線曖昧模糊。寒灰能騰焰、枯木可逢春，明年髑髏的眼裡，將「有虞美人草再度笑出」。[56]

《漂木》之後，洛夫化身斂眉老僧，趺坐默觀花落、果結，徹悟生死玄祕，生在死中，死中有生：

---

56 周夢蝶：〈蛻——兼謝伊弟〉，《十三朵白菊花》（台北：洪範書店有限公司，2002年），頁16。

菩提樹下趺坐一位斂眉的老僧
他把生死的玄奧
深深藏在那件破衲的皺褶中
經卷無言，鐘磬無聲
只見落花紛紛而墜
讓位給枝頭青澀的果子（〈SARS不幸撞到禪〉，《背向大海》，頁15-16）

花墜意謂死亡，枝頭孕結果子，生命復接續發生，自然的法則，寧靜中規律運行。較之於早期，此一階段都在「無言無聲」中完成。

五、結語

時代不幸、命運荒謬，而「更荒謬的是死亡」，洛夫要以詩報復殘酷命運，跨越荒謬死亡。早期詩多流露陰森悽寒之調、充塞令人喘不過氣的壓迫感，[57]當與大量死亡主題的描寫有關。洛夫認為「滾動」才是存在的根本，信仰著透過死亡的演習，充實生之意義和價值，展現莊重肅穆的人生姿態；進而設想死亡乃萬物秩序之外、令人不安的陌生世界，也同時是「一次鴻濛而深邃的／睡眠」（〈鮭，垂死的逼視・2〉，《漂木》，頁101），純粹的遠行，圓熟而美的完成。

洛夫詩以探勘形而上為創作核心，從不間斷與時間與神的對話，衍繹生之執著、死之豐美，溝通生、死，而多表現為生死同構觀。唯在生死同構的表現上，前後亦有其細微差異：《石室之死亡》時期，戰爭、災難籠罩，被迫靠近陰鬱、猙獰的死亡，強烈感受虎虎逼臨的恐懼與焦慮，頻頻發出孤絕吶喊，呈顯為究詰命運的憤怒、悽厲和昂揚；《漂木》之後，浸淫默識老莊、佛禪，內心「沉澱出一片亙古

57 洛夫嘗說：「我的詩曾一度被歸類為『鹹味的詩』，後又有人說我的風格近乎苦澀：既鹹且苦，……至於說我的詩中往往湧出一股勃鬱之氣，以致產生一種森森然令人不安且又無可奈何的壓迫感，卻是一般讀者的反應。」《時間之傷・自序》，頁1。

的寧靜，……形成一種微妙的平衡。」[58]由此寧靜、平衡的心境，消除緊張對立，忘卻生死之辨，油然產生一種物我兩忘的美、物我俱泯的空，散發優雅的智者情態。

58 洛夫：《背向大海・自序》，頁5。

參考書目

一、洛夫著作

（一）詩集

洛夫：《石室之死亡》，台北：創世紀詩社，1965年。

洛夫：《無岸之河》，台北：大林書店，1970年。

洛夫：《魔歌》，台北：中外文學月刊社，1974年。

洛夫：《眾荷喧嘩》，新竹：楓城出版社，1976年。

洛夫：《時間之傷》，台北：時報文化出版事業有限公司，1981年。

洛夫：《釀酒的石頭》，台北：九歌出版社有限公司，1983年。

洛夫：《因為風的緣故》，台北：九歌出版社有限公司，1988年。

洛夫：《月光房子》，台北：九歌出版社有限公司，1990年。
洛夫：《天使的涅槃》，台北：尚書文化出版社，1990年。
洛夫：《隱題詩》，台北：爾雅出版社有限公司，1993年。
洛夫：《雪落無聲》，台北：爾雅出版社有限公司，1999年。
洛夫：《洛夫世紀詩選》，台北：爾雅出版社有限公司，2000年。
洛夫：《漂木》，台北：聯合文學出版社有限公司，2001年。
洛夫：《背向大海》，台北：爾雅出版社有限公司，2007年。
洛夫：《洛夫詩歌全集》（I-IV），台北：普音文化事業有限公司，2009年。
洛夫：《禪魔共舞——洛夫禪詩・超現實詩精品選》，台北：釀出版，2011年。

（二）詩論

洛夫：《詩人之鏡》，高雄：大業書店，1969年。
洛夫：《洛夫詩論選集》，臺南：金川出版社，1978年。

洛夫：《詩的探險》，台北：黎明文化事業股份有限公司，1979年。
洛夫：《孤寂中的迴響》，台北：東大圖書有限公司，1981年。
洛夫：《詩的邊緣》，台北：漢光文化事業股份有限公司，1986年。

（三）隨筆小品

洛夫：《一朵午荷》，台北：九歌出版社有限公司，1982年。
洛夫：《洛夫隨筆》，台北：九歌出版社有限公司，1985年。
洛夫：《雪樓隨筆》，台北：探索出版社有限公司，2000年。
洛夫：《雪樓小品》，台北：三民書局股份有限公司，2006年。

二、專書及專書論文

李英豪：〈論洛夫「石室的死亡」〉，見氏著：《批評的視覺》，台北：文星書店，1966年，頁147-163。

侯吉諒主編：《洛夫「石室之死亡」及相關重要評論》，台北：漢光文化事業股份有限公司，1988年。

沈奇：〈現代詩的美學史——重讀洛夫〉，《洛夫世紀詩選・序》，台北：爾雅出版社有限公司，2000年，頁7-20。

瘂弦：《深淵》，台北：晨鐘出版社股份有限公司，1971年。

劉正忠編：《台灣現當代作家研究資料彙編33：洛夫》，臺南：台灣文學館，2013年。

錢鍾書：《談藝錄》，北京：中華書局，1984年。

陳祖君：〈從「石室之死亡」到「天涯美學」——洛夫論〉，收錄於張默主編：《大河的雄辯：洛夫詩作評論集第二部》，台北：創世紀詩雜誌社，2008

年，頁13-46。
龍彼德：〈沉潛與超越——洛夫新論〉，收錄於張默主編：《大河的雄辯：洛夫詩作評論集第二部》，台北：創世紀詩雜誌社，2008年，頁47-69。
蕭蕭：〈洛夫——不變的巨石〉，見氏著：《現代詩縱橫觀》，台北：文史哲出版社，2000年，頁129-140。
海德格（Martin Heidegger）著，孫中興譯：《林中路》，台北：時報文化出版企業有限公司，1994年。

三、期刊論文

任洪淵：〈天地創造——洛夫的詩與現代創世紀的悲劇〉一文，《聯合文學》6卷10期，1990年8月，頁164-180。

洛夫：〈火鳥的詩讚——關於「石室之死亡」〉，《文星》118期，1988年4月，頁151-157。

許悔之：〈石室內的賦格——初探《石室之死亡》兼論洛夫的「黑色時期」〉，《文訊》25期，1986年8月，頁151-169。

葉維廉：〈洛夫論（上）〉，《中外文學》17卷8期，1989年1月，頁4-29。

葉維廉：〈洛夫論（下）〉，《中外文學》17卷9期，1989年2月，頁92-132。

葉維廉：〈雙重的錯位：台灣五六十年代的詩思〉，《創世紀》詩雜誌140-141期，2004年10月，頁56-67。

葉維廉：〈台灣五十年代末到七十年代初兩種文化錯位的現代詩〉，《台灣文學研究集刊》，2006年11月，頁129-164。

葉櫓：〈詩禪互動的審美效應——論洛夫的禪詩〉，《詩探索》（2010年5月），頁67-77。

張漢良：〈論洛夫近期風格的演變〉，《中外文學》2卷5期，1973年10月，收錄於氏著：《現代詩論衡》，台北：幼獅文化事業公司，1977年，頁177-212。

張春榮：〈洛夫詩中的色調：黑與白〉，《中華文藝》13卷4期，1977年6月，頁238-257。

簡政珍：〈洛夫作品的意象世界〉，《中外文學》16卷1期，1987年6月，頁8-41。

龍彼德：〈一項空前的實驗：《石室之死亡》〉，《中國文化研究》1995年夏之卷（總第8期），頁94-100。

龍彼德：〈飆昇在新高度上的輝煌——喜讀洛夫的長詩《漂木》〉，《創世紀》詩雜誌128期，2001年9月，頁44-48。

四、訪談及其他

朱立立：〈關於中國現代詩的對話與潛對話——秋日訪洛夫〉，《華僑大學學報》1999年第4期，1999年10月，頁75-80。收錄於方明編：《大河的對話——詩魔洛夫訪談錄》，台北：蘭臺出版社，2010年，頁99-113。

陳祖君：〈仍在路上行走的詩人——洛夫訪談錄〉，《文訊》235期，2005年5月，頁122-133。

蔡素芬採訪：〈漂泊的，天涯美學——洛夫訪談〉，《創世紀》詩雜誌128期，2001年9月，頁38-41。

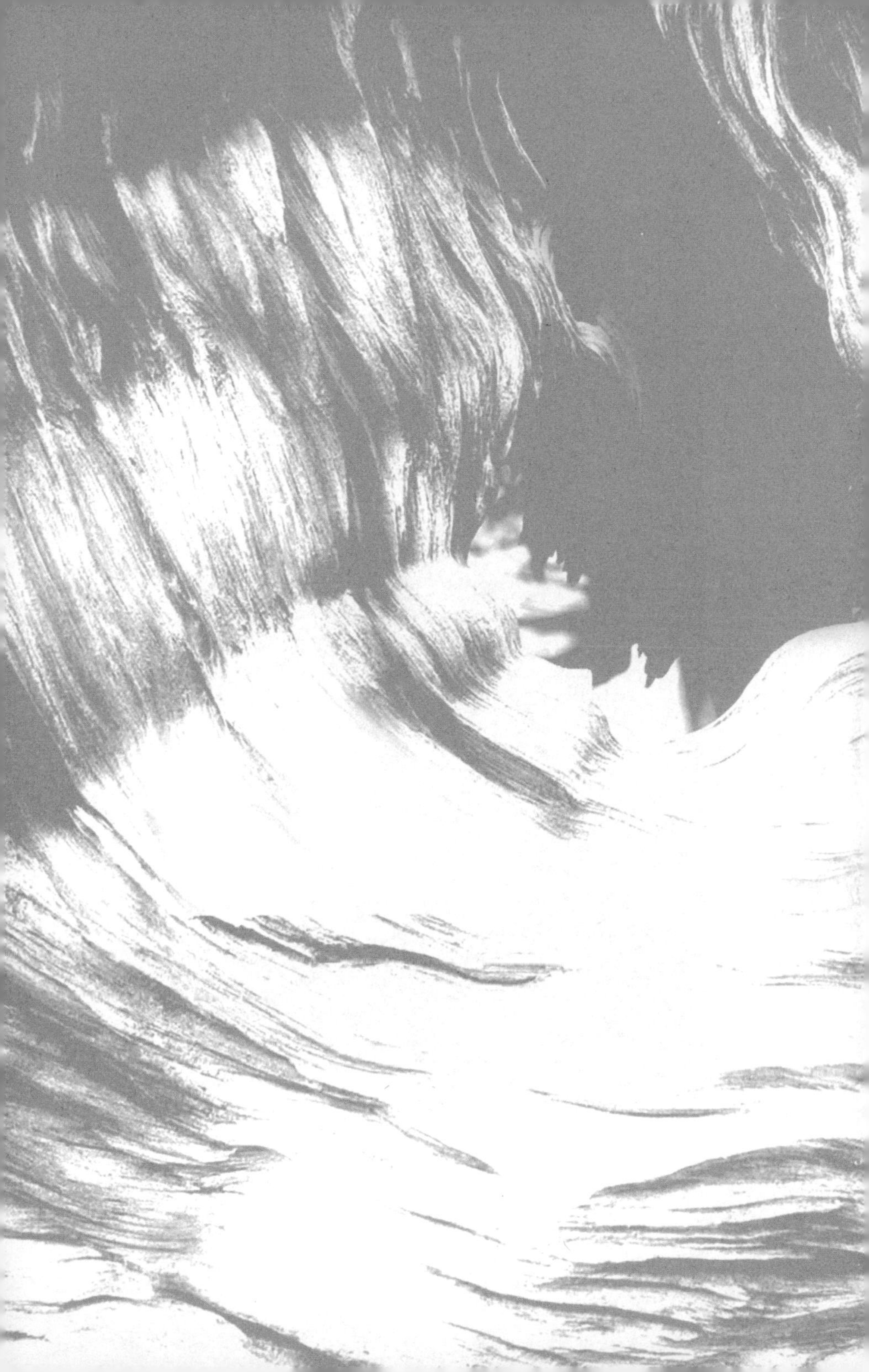

《石室之死亡》舊版書封

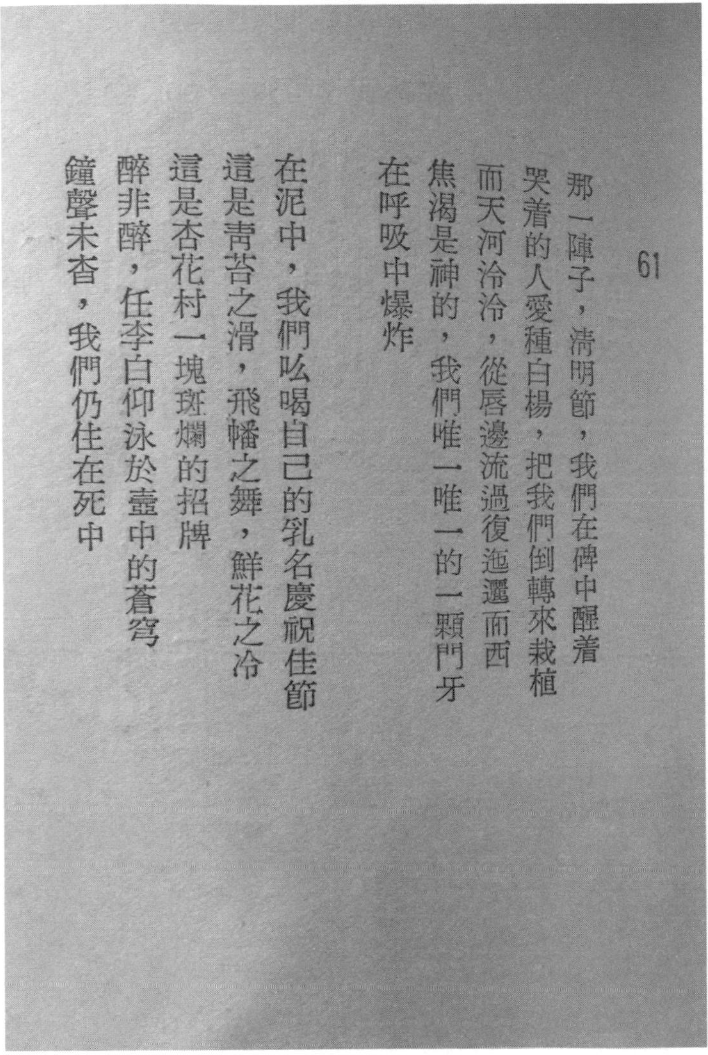

那一陣子，清明節，我們在碑中醒着
哭着的人愛種白楊，把我們倒轉來栽植
而天河泠泠，從唇邊流過復迤邐而西
焦渴是神的，我們唯一唯一的一顆門牙
在呼吸中爆炸

在泥中，我們吆喝自己的乳名慶祝佳節
這是青苔之滑，飛幡之舞，鮮花之冷
這是杏花村一塊斑爛的招牌
醉非醉，任李白仰泳於壺中的蒼穹
鐘聲未杳，我們仍住在死中

舊版內頁

45

鑰匙試過所有的豪门巨宅
就是找不到一个合身的鎖孔
拔出來自然容易
而再要歸回去——
鎖孔已然銹死，而且

46

裡面早已無人。不住於相
有沒有鎖孔並不重要，我們
何需找回什麼因為並沒有什麼失落

除了風中的明天
除了從牆上相框裡走失的童年

47

其實我是一個寬容的鎖孔
甘於對任何鑰匙開放
請輕輕插入，徐徐推進
不要怕觸及那深晦的內心
我的貞潔也在裡面，藏得更深

48

百代過客，有沒有住居的？

一個腳印消滅了另一個腳印
爲躲在我們体内的蛀蟲
開始向灵魂一節々鑽進
個識蠢動

49

李白三千丈的白髮
已漸々還原爲等長的情愁
時鐘走了很遠
到達永恒的距離

却未見縮短

50

好累啊
秒針追逐分針
分針追逐時間
時間追逐一個巨大的寂滅
半夜之一只老鼠踢翻了壹屋的油燈

51

我一氣之下把時鐘拆成一堆零件

血肉模糊，一股時間的腥味
罐：你可曾聽到
皮膚底下仍响着
零星的滴答

52

於是我再狠狠踩上幾腳
不動了，好像真的死了
一隻蒼鷹在上空盤旋
而時間側身向我，
且躲進我的骨頭裡繼續滴答，滴答

抄錄自《漂木》第二章〈瓶中書札〉之三〈致時間〉。二〇一四年十月寫於台北。

洛夫

國家圖書館出版品預行編目資料

石室之死亡 / 洛夫著. - 初版. - 臺北市：
聯合文學, 2016.11
224 面；14.8×21 公分. --（聯合文叢；609）
ISBN 978-986-323-188-2(平裝)

861.480　　105019413

聯合文叢 609

石室之死亡

作　　者／洛　夫
發 行 人／張寶琴

總 編 輯／李進文
責任編輯／黃榮慶
封面設計／蔡南昇
資深美編／戴榮芝
校　　對／李進文　陳惠珍　黃榮慶
業務部總經理／李文吉
行銷企畫／李嘉嘉
財 務 部／趙玉瑩　韋秀英
人事行政組／李懷瑩
版權管理／黃榮慶

法律顧問／理律法律事務所
陳長文律師、蔣大中律師

出 版 者／聯合文學出版社股份有限公司
地　　址／(110)臺北市基隆路一段 178 號 10 樓
電　　話／(02)27666759 轉 5107
傳　　真／(02)27567914
郵撥帳號／17623526 聯合文學出版社股份有限公司
登 記 證／行政院新聞局局版臺業字第 6109 號
網　　址／http://unitas.udngroup.com.tw
E-mail:unitas@udngroup.com.tw

印 刷 廠／沐春行銷創意有限公司
總 經 銷／聯合發行股份有限公司
地　　址／(231)新北市新店區寶橋路235巷 6 弄 6 號 2 樓
電　　話／(02)29178022

出版日期／2016 年 11 月　初版
定　　價／300 元

ISBN 978-986-323-188-2（平裝）